社会に法則あり

素直に行動
素直に生きる

～私　本氣なので！～

長原和宣
（第二弾）

プロローグ　自分の人生は自分で変えることができる

本書の主人公は、帯広を拠点に軽貨物運送事業を手がける株式会社ドリームジャパンの社長、長原和宣《かずのり》さんである。

長原さんは、中学校に進学する際、大好きだった野球を母親に止めさせられ、不良になった。高校生に入学してもそれは直らず、ヤクザの世界に入った。高校3年生になって1週間後に退学となり、かろうじて自衛隊に入隊できた。

真面目に8年間奉職し「もう自分は更生できた」と思って自衛隊を辞めた。すぐに結婚し、長男が誕生した静岡の地で、強度な覚醒剤中毒に嵌《おちい》ってしまった。

芸能人などのニュースでもわかるように、薬物経験者は〝止められない〟と世間一般では言われている。長原さん自身、覚醒剤を打っている時に体が硬直して、「これで自分は死ぬ」と何度も思ったけれども止められなかったと語る。

それでも再起をかけて戻った帯広で半年間、覚醒剤から離れることができた。しかし5日間の休みをとって静岡に戻ってきた時に、また手を出してしまった。その時、「やはり薬物は家庭を崩壊させる」と日記に記《しる》している。

そして交通事故を起こして、薬物所持の現行犯で逮捕、「懲役1年8か月、執行猶予3年」の有罪判決を受ける。

その長原さんが、覚醒剤を断ち切って20年になる。

会社経営も軌道に乗り、今は成長路線にある。

前科者を自社に雇う就労支援も行っている。

さらに新しく職親プロジェクト――前科者の職（仕事）の親になって再犯を防止し、次なる被害者を出さない取り組み――の活動に加わり、東北海道を担当している。

また多くの講演依頼を受けて、全国を飛び廻っている。

しかし、ここに至るまでに社会の大きな壁にぶつかったり、経営者として「もう、終わり」ということがあったりした。その貴重な体験や良き人との出会いがあって、長原さんは自分を成長させてきた。

そこで得たものは長原さんの財産であり、長原さんの夢実現への推進力となっている。

その生き方は、問題を抱えて思い悩んでいる人、自分に全く自信がない人、良くなりたいと思いながら一歩が出ない人、だけではなく、目標を持って頑張っている人、前向きに何かをなそうとしている人にとってもまた、大いに役立つに違いない。

それはシンプルで分かり易い。しかもお金をかけずに、今からでも、誰もが「その氣になれば」すぐに実行できる。その実行の手始めに、まず、本文をお読みいただきたい。

令和２（２０２０）年1月1日

斎藤信二

目次

第2章　ダメ社長が不平不満のない会社づくりに挑戦

第3章　長原和宣　夢実現に向かって

第4章『長原さん、わたしも生まれ変わります』

第5章　長原さん自身が成長し変わっている

第6章　職親プロジェクト 千房の中井政嗣会長に聞く

第7章　帯広市養護教員会研修会での講演

第1章　社会に法則あり

あるがままに今できることを精一杯やる

自分を変えたい、今よりより良く生きたいという願いは、人としてごく自然な思いと言っていい。その一方で、「そう願いながら、なかなかそうはならない」と言って悩み苦しんでいる人もいる。

なんで人は悩み苦しむのだろうか。

それは「今の自分は、本来あるべき姿の自分ではない」と、心の底で感じているからである、と私は信じている。

では本来の自分の姿を引き出すにはどうすればよいのだろうか。

覚醒剤に一度手を出すと「もう断ち切ることはできない」と言われる中で、長原さんは20年以上覚醒剤を断ち切り、社会人として活躍している。

どうやってその難しい問題を、長原さんは乗り越えてきたのだろうか。

詳しくは本文で説明するとして、その主なものを先に紹介したい。

◎覚醒剤で「あ、これで自分は死ぬ」という局面を、何回も感じたことがあったからこそ今自分は生きている。いや生かされている。その体験があったから、自分の人生を無駄なく、精一杯生きよう。そう決意した。――**両親、ご先祖に感謝を忘れない。**

◎自分が今、どん底に立たされている場合、どうしてよいか何も考えられないというのが普通と思うが、長原さんは覚醒剤に陥《おちい》っている最中に、覚醒剤を断ち切って娑婆に出て活躍する自分の姿を思い描いた。――**夢、目標を持つ。**

◎再起をかけて社会に出たものの、悪だった長原さんに対して世間は厳しかった。冷たかったという表現が正しいかもしれない。しかしそれに不満をぶつけても何もよくならない。いかなる誹謗中傷を受けながらも、**我慢し耐えぬく**ことを決めた。我慢できずに、頭に来たと言って罪を犯せば逮捕される。逆に良きことを行えば世間は自分を認めてくれる。社会にはそういう仕組みがあると氣づいた。――**社会の法則に素直に生きる。**

◎犯した罪は一生消えない。それに心を捉えられていては前に進めない。自分が犯した罪は全部受け入れて、その自分が世間から贔屓《ひいき》されるような人間になる。贔屓されればお金も入ってくる。そのために、「今、自分ができることをやる」と決めた。**——まず一歩を踏み出す。**

◎学歴はない。勉強も満足にしてこなかった。そんな自分でも世間から認められ、人様から贔屓されるようになるには、どうすればいいか。元氣な声で明るく挨拶をする。服装を正す。笑顔を忘れない。お辞儀をきちんとする。返事をはっきりとする。約束を守る。

——誰でもすぐに実行できる好感度アップ法。

これらは長原さんが覚醒剤と縁を切るために行っていた初期の行動であるが、当然今もそれが根底になって「継続は力なり」の実践として守り続けている。

まとめて言えば、一度の人生を有意義に生きるため、目標を立て夢実現のために社会の法則に逆らわず、まず一歩を踏み出し、社会から認められる人間になり、自分も豊かになり社会に貢献する。ということになる。

持ち前の生き方が幸いした長原さん

あるがままに今できることを精一杯やると言われても、「それがなかなかできない」という人がいる。長原さんは言う。「人は心で思っていることが行動に現れます。本氣になれば本氣さが行動になって現われます」と。

ということは、自分の心の持ちようで行動を変えることができるということになる。

ここで「しかし」とか「でも」とかは言ってはいけないが、歳を重ねて自分を含めて人の行動を観察すると、どうも人というのは「実行が苦手」なようである。

その点長原さんは、持って生まれたというか、「行動する」ことに適する生き方、性格を持っている。これも生き方の大事なヒントになると思い紹介したい。

内氣だけど自分の好きなことには挑戦できた

長原さんは子供時代、テレビに出てくるアイドル歌手やグループサウンズを見ていて、「格好いいなあ」と思い、憧れを持ったという。

おそらく普通の子供は、憧れて終わりと思うが、長原さんの場合は「自分もそうなって有名になりたい」と思ったという。それで、「それは、目立ちたがり屋の性格もあったんですか」と聞いてみた。

長原さんは、その当時のことをじっくりと思い出しながら、「私は内氣で、おとなしく、人前に出るような性格ではなかったと思います。でも有名になりたいという氣持ちが出てきて、小学生の時にはのど自慢にエントリーして歌っていたり、中学生になるとオーディションを受けたりしていました。

高校1年生の時には、小泉今日子主演の『生徒諸君』という映画のオーディションを受けたら第3次審査まで行き、札幌まで行ったことがあります」と話す。

長原さんは、好きなことであれば挑戦できる積極性の性格を持っていた。

頑固、執念深い、諦めが悪い

いずれの言葉も、普段は悪い印象の言葉として捉えられていると思う。しかし、物事を為すには、これがないと途中で挫折してしまう。長原さんに聞くと、商売で成功し地元で白樺学園を創設したお祖父ちゃんも頑固だったし、長原家も皆、頑固な面を持っているという。

頑固に物事をやり遂げる、執念を持って事に当たる、諦めずに成功するまで挑戦し続ける。いいことだらけである。

そしてこの性格を持つ長原さんは、頑固に執念深く諦めずに夢に向って挑戦し続けることで、「夢や思いが実現していくことが嬉しいんです」と語る。それが次なる挑戦への力となっている。

営業 門前払いされても諦めない

就職を決める際、営業だけには行きたくないという若者がいると聞いたことがある。しかし長原さんは営業が楽しいと感じていたという。特に新規のお客様を獲得する営業は「自分の性格上、知らない会社に行ってご縁をいただくことで、人間関係の幅が広がる。やっている時にはそれに氣づきませんでしたが、それがきっと心地よく、嬉しかったような氣がします」と語る。

そして、「人に教えてもらったわけではありませんが、いつ、どこに行って、誰と、どんな話をしたかを全部ノートに記録していました。再訪問もしていました。とにかく訪問することが好きでした」

さらに、「行って、冷たくあしらわれるところ、門前払いされるところがありましたが、そうされるほど、嫌ではあるけれども訪問することを諦めませんでした。確かに再訪問は抵抗ありましたが、止めようという氣持ちにはなりませんでした。自分でもう一回行くんだという氣持ちを持ってやっていましたね」

「なぜそこまでできるのですか」

「中途半端が嫌で、そのままにしておけないのです」

数年経ってから、「人は行きやすいところに行く。行き難いところにはいかない。ということを知って、誰も行っていないので結果として仕事をもらえた」ということに氣づいたという。

「願う」ことと「思い描く」ことの違い

長原さんは覚醒剤に陥《おちい》っている最中に、覚醒剤を断ち切って娑婆に出て活躍する自分の姿を思い描いたと述べた。この「思い描いた」ということが行動を起こすためには重要なポイントになる。

当然長原さんも「こうなりたい」と願った。ただ「願う」だけではなく、覚醒剤を断ち切った後の自分の姿を強く思い描いた。

「覚醒剤は断ち切れない」と言われる中、もし本当に断ち切ることができれば、それは凄いことになる。そんな自分を思い描いたのだという。その結果、長原さんは思い描いたことを実現させている。

「願う」ことと「思い描く」こととは、そんなに違いはないと感じるが、何が違うのだろうか。

「願う」というのは、「実現すればいいなあ」という、どこか「待ちの姿勢」を感じる。だから実現しなくても、「世間はそんなものよ」と、そこに真剣さをあまり感じない。

その点「思い描く」というのは、実現したい姿を自分で描くので、完全に自分の問題になっている。だから実現に向けて、諦めずに挑戦することになる。それが、自分を変えることができる人と、変えられない人との差となって現れる。

自分の心から囚《とら》われをなくす

「願う」ことと「思い描く」ことで、もう一つ大事なことがある。

例えば、ダメな自分がいるとする。それを変えたいと願うことは「ダメな自分」が前提になっている。そのためダメな自分が常に意識から離れないことになる。長原さんの場合で言えば、常に「覚醒剤」のことが意識から離れないことになる。

覚醒剤を断ち切ることで大事なのは、覚醒剤のことを考えない、覚醒剤のことを意識しないことだと長原さんは言う。だから、断ち切った後の自分の姿に意識を傾ける。それによって、頑張っている自分の姿の方に意識がいくようになる。

それと同じように、ダメな自分を変えるには、自分が生まれ変わって活躍している姿を思い浮かべることで、ダメな自分に心が囚われることなく、生き方が前向きになっていく。

どん底にも導きがあった長原さん

覚醒剤所持の現行犯で逮捕された長原さんは、その後の尿検査で使用の罪も加わり、罪状は覚醒剤所持使用となった。そして「懲役1年8か月、執行猶予3年」の有罪判決を受けた。世間で言う前科者になった。詳しい顛末は第1弾『長原さん、わたしも生まれ変わります』に譲るとして、長原さんの選択は、覚醒剤を選んでまた拘束されるか、覚醒剤を断ち切り自分の夢を実現するために自由の身になるか、の2つであった。

当然、自分の夢を実現するために、自由の身になる道を選んだ。身柄を拘束されて、自由の有り難さを強く感じたからである。拘束されていない人の場合、その人がどんな大きな悩みを抱え、苦しんでいたとしても、自由は奪われてはいない。しかし拘置所の中では、自らの意思で外に出る自由はない。もちろん、夢など実現できる自由もない。

「二度と、この拘束された状態に戻りたくない」と本氣で決意した長原さんは、自由の身となって精一杯自分の人生を歩むことにした。

そう思えたのには、ある導きがあった。

実は長原さん、覚醒剤を嵌《はま》っている時から、「なりたい自分の姿を強く思っていた」というのである。驚いた私は、覚醒剤で身体と心が正常でない時に「そんなことがあるんですか」と思わず聞いてしまった。

「実は、何度も覚醒剤を止めようと思って止められない私に、幻覚幻聴でお祖父ちゃんが現れました。『和宣やめろ！』と何度も言われました。

動けないように『足を切ってやる』と言われた時には、本当に足が切られる感覚がありました——実際は切られていないのですが、本当にビリっときたという——。お祖父ちゃんは、まともになって社会に貢献するように生きなさいと導いてくれたように思います」

もう一つ、天の声というか不思議な声も聞こえたという。「今お前が覚醒剤に溺れているのは、覚醒剤を止めることができることを証明するためなんだ」と。

「そんな話、とても信じられない」と思うかもしれないが、長原さんにとっては現実の話として受け止めている（ここの部分は、長原さんが覚醒剤を断ち切るに至る重要な部分なので、別章でもう少し詳しい説明を書き加えた）。

要は、一歩も後戻りができないどん底状態にいた長原さんにとって、お祖父ちゃんや天の声を聞いたからには、自由の身となる道以外、選択する余地はなかった、ということになる。

そして長原さんは、その道を今、着実に歩み続けている。

我慢《がまん》、我慢、何があっても我慢

覚醒剤と縁を切り立ち直ると決意した長原さん、覚醒剤に陥《おちい》ってしまった静岡から、奥さん、そして男の子3人の子供を連れて、長原さんの生まれ故郷の帯広に戻ってきた。ご両親には覚醒剤で心配をかけた上、金銭的にも迷惑をかけていた。

再起をかけたからには、家族のためにも仕事をして収入を得なければならない。「探せば、どこか見つかるだろう」と思って面接をお願いするも、どこも雇ってくれない。まともに顔を合わせてもらえない、無視される、もう来るなと追い出されるなど、30数件面接をしたが全部断られてしまった。

「それは長原さんが前科者だということですか」

「いえ、前科者というのは黙っていました。でも当時の私の顔は、相当いかついていたと思うし、がおっていた（やつれていた）のも事実です。おそらく一目見て『この者とは関わりたくない』と思われたと思います。また昔は悪で名が通っていましたから、長原というだけでダメだったと思います」

自分としては「頑張ろう」という氣持ちになっている。しかし世間はそれを受け入れてくれない。この悔しさ、苦しさ。「なんで、分かってくれないんだ」という寂しさ、悲しさ。今、悩んでいる人も、きっと同じような氣持ちがあると思う。

しかしこれが世間の実態であり、その冷たさを長原さんは体験した。

このことは前科者に、ついてまわる実態である。この壁を乗り越えなければ、次へは進めない。「悔しい、頭にきた……」と言って、再犯しては、再起の機会を失ってしまう。

そうならないために、どうするか。

長原さんは、再起を果たすため「我慢」した。

何があっても我慢、ただただ我慢、とにかく我慢した。

とにかく我慢を、し続けた。

どんなに誹謗中傷されても、耐えて、耐えて、耐え抜いた。

自分が決意した「再起」を果たすために、我慢し耐え抜いた。

耐えに耐えて見つかった1枚2円のポスティング

ここで重要な事がある。耐えて、耐え抜いただけでは状況は変わらない。とにかく一歩前に動かなければならない。

ここで長原さんは考えた。そこで思いついた言葉が素晴らしい。これさえ分かれば全て解決と言いたいくらい価値ある言葉である。と言ってそれは難しい言葉ではない。

「今できることを精一杯やる」である。

こんな自分でも、何か自分でもできることがあるはずだと考えて、真剣に、本氣になって探した。そこで見つかったのが1枚2円のポスティングだった。1枚2円の仕事？　それをやる？　と思うかもしれない。でも長原さんにとっては「自分でもできる仕事」が見つかったことが何より嬉しかった。もう「やる」とか「やらない」ではない。やるしかない状況にあったからである。

長原さんは、「仕事をさせてもらえる喜び」を心の底から実感した。それは、自分を認めてもらえたという喜びでもあった。

そして真面目にやっているうちに、新聞の集金、病院内での病棟新聞販売、ガスの検針と集金、英語塾のチラシ配りとポスター貼りなどの仕事ができるようになっていった。

覚醒剤を断ち切るにはどうするか　閃《ひらめ》いた宅急便

やる仕事も増え収入も上ってきた長原さん、自分が一生取り組める仕事がないかと真剣に考えた。その第1は、何より覚醒剤を断ち切ることであった。

「自分の心から囚《とら》われをなくす」でも触れたように、覚醒剤を断ち切るには、覚醒剤のことを考えないこと、覚醒剤のことを意識しないことが大きな要素になる。

長原さんは、それを達成するための仕事として、・覚醒剤のことを考える余裕がないほど忙しい仕事、・朝から夜遅くまで働ける仕事、・人と目と目を合わせる仕事、それらを合わせた良い仕事はないかと考えた。

そこで閃いたのが、宅急便であった。自らの経験で、その忙しさを知っていた。「これだ」と思って、宅急便をやると決めた。

持ち前の営業力で、見事夢を叶えて「ゆうパック」の宅配業務を受諾。株式会社長原配送（現・株式会社ドリームジャパン）を立ち上げた。

我儘《わがまま》をプラスに生かすかマイナスにするか

長原さんを取材していると、「今、、閃《ひらめ》きました」と言って話をすることが度々ある。東京での取材が終わり、羽田から帯広に向かった際にも閃きがあった。

座席に座ってすぐに「そうか、自分は、我儘《わがまま》なんだ。我儘にやっているだけなんだ。我儘に生きることが、自分にはピッタリと合うんだ」と思ったという。

その日の取材は、「なぜ長原さんは、そのような行動をとるのか」であった。

例えば、中学生で不良になり高校生でヤクザの道に入った長原さん。自分が得たいものはどんな手を使ってでも手に入れた。悪いことをしても、自分に非がこないように平氣でウソをついてきた。ウソを重ねると、ウソをつくことに何も感じなくなるというが、なぜそういうことができるのかという話である。

その理由を、取材を終えてからずっと考えていて閃いたのが「我儘」という言葉であり「自分は我儘を通して生きてきた」というのである。。

翻《ひるがえ》って現在、覚醒剤を20年以上断ち切り、会社を経営し、少年院や刑務所、学校、経営者の集まり、その他多くの場所で講演し、前科者を自社に採用する就労支援や前科者の職（仕事）の親となって犯罪の未然防止と再犯防止に取り組む「職親プロジェクト」（後半で詳しく説明）に参加したり、それを全国に展開する夢、自分の命を救ってくれた長原林造お祖父ちゃんの「志」を継ぐ体育大学の建設という夢に向って生きている。

結局それも自分の我儘ではないかと長原さんはいう。

同じ我儘でも、マイナスに動けば悪になり、プラスに動けば善になる。同じ我儘でも行動の仕方によって天地の差が出る。

それが「社会に法則あり」である。

我儘をプラスに生かすか、マイナスにしてしまうか、それは全て自分にかかっている。

人生、無駄なく生きなければもったいない

それにしても長原さんは、なぜそんなに頑張ることができるのか。

確かに、「凄いですね。よく頑張っていますね」と言われたり、質問されたりするという。

しかし「自分としては、そういう思いを持ったことはない」と言い切る。

そしてこう言葉を続ける。「ただ、いつも思っていることは、自分の思い一つで、夢を叶えられる、幸せになれる、お金を得ることができる、それをしなかったらもったいない。自分の人生は自分でつくっていけるんですから」と。

「それは、覚醒剤で死に直面したからですか」

「はい。それもあります。実はもう一つ、『いつかは我が身』という思いがあるからです。もちろん私は自分の夢を果たすまでは命があると信じていますが、いつ我が身になるかは誰にも分かりません。ですから今を真剣に本氣になって生きる。だから1日1日を無駄にしたくないのです。それを決めるのは自分ですから」

これが長原さんの生き方の基本になっているという。それを実践している長原さんは、やはり凄い人である。

今度は自分が悩んでいる人の手本となる

長原さんの取材を通して、昔から思っていた一つの疑問が解消された。

不良少年が更生して活躍すると、マスコミに取り上げられ注目される。それを知って私も感動するので、それはいい。しかし私としては、不良にならずに頑張っている子供達がいっぱいいる。その子供達を育てている家庭もある。そういう子供達や家庭をもっと積極的に取り上げてもいいのではないか、という疑問である。

しかし長原さんを知って、不良少年や引きこもり、道を誤った人達を取り上げることに大きな意味があることを知った。それは、同じ悩みを持つ人達のために、よき手本を示すということである。

逆に言えば、今、悩み苦しんで、なんとかしようと思っている人達は、今度は自分がよき手本となる資格を手にしたことになる。

長原さんの言葉を借りれば、全ては自分。真剣に考えて考え抜けば、必ず何かやるべきことが見つかる。たとえそれが失敗に終わっても、こうすれば失敗するということを学んだことになる。

まずは、自分のできることを真剣に考えて見つけ出し、それを行動に移す。それをやり続ければ必ず問題は解決に向かう。

今度は自分が、悩んでいる人のよき手本となれば、まさに人生無駄なしである。

第2章　ダメ社長が不平不満のない会社づくりに挑戦

コストパフォーマンスで新規開拓

長原さんは、宅配業務を急速に伸ばし、地元帯広、十勝地方で名の知れた会社になっていった。宅配業務を始めたとしても、お客様がいなければそうはならない。そこで意地悪な質問をしてみた。

「そこまでお客様を獲得できたのは、営業で怖いお兄さん（長原さんのこと）が来たので、これ注文を出さないとやばいぞということもあったんですか」と。

怖いという印象は、当時長原さんに接してきた皆さんは持っていたようで、後になって「あの当時は怖くて何も言えなかった」と言われたりしたという。

ただ営業に関しては、そうではないようだ。その当時、営業という言葉さえも知らなかったという長原さん、でも同じ条件で契約がとれるわけがないことは分かっていたという。そういう直観力があり、それに持ち前の長原さんの一所懸命さも良かったようである。

当然ながら、最初は全て飛び込みである。第1章で紹介したように、門前払いされても諦めないで訪問した。その時にやったのがコストパフォーマンスだったという。安値、安値で攻めた。

「どちらの業者さんですか」「1か月どれくらいですか」と聞く。

「そうですか。高いですね。うちだったら、なんぼでできますよ」と返す。

そうした演技が上手だったんだと思うと長原さんは話す。

こうした地道な営業努力をコツコツと積み重ねて、車を一台、一台と増やしていった。

食事も風呂も寝る暇なしで頑張った

さらに質問をしてみた。

「営業のことは、何も分かっていなかったのに、どうしてそういう営業ができたんですか」

「こちらが優位に立つテクニックを、悪い遊びの中で自然に身につけていったのではと思います」

なるほど。これも第1章で紹介した、我儘な行動につながる。我儘をマイナスではなくプラスに生かしたことになる。

「本当は、自分でも安いと思っても『そんなにかかってんですか』と言い切る。自分のものになるんだったら、とことんやる」というのが、いかにも長原さんらしい。

〝とことんやる〟というのは、長原さんの当時の日々の生活が物語る。


「営業から伝票書き、仕事が増えて、車が増えて、人が増えても、全部自分で手配しました。とにかく時間がない。車を買うにも銀行に行く時間がない。全部現金で払っていました。それで仕事をしていると、食事や風呂、寝るというところまで行き着かない。食事はまあ1日1回くらい、風呂は2週間に1回入るくらい、睡眠時間は2〜3時間くらいだったと思います。氣がつくと朝だったというのはしょっちゅうでした。

この時、思いました。人間って凄いなあ、そう簡単には死なないなあと」

凄い頑張りである。ということで、仕事は拡大していった。

会社は軍隊、ヒトラー経営で仕事は順調に拡大

覚醒剤をどう断ち切るか。それには「覚醒剤に意識を向けないこと」であると思って始めた宅配業務。まさにそれは正解であった。何より、自分が頑張ることで成果が上がる。それが嬉しかった。また喜びでもあった。それでなお頑張ることができた。

「私の場合、軽自動車ですけど、長原配送（現ドリームジャパン）というNマークのロゴを付けた車がどんどん増えていくわけです。十勝毎日新聞（カチマイさん）には、毎日のように広告を出していました。その効果もあってと思いますが、帯広、十勝では認知度は増していきました。会社も勢いづいて拡大していき、最高55台の車を持つようになりました」

そんなことで、「地元で若手の凄い経営者が出てきた」ということで、地元から講演のお呼びがかかるようになりました。新任の校長研修会にお呼びいただいたのは、この時です。さんざん学校で悪いことをしてきた自分が、校長先生の研修会で講師に呼ばれる。「こんな自分でも役立つことがある」と思って本当に嬉しかったと話す。

また地元の中小企業家同友会（以下、同友会）の勉強会や、帯広の倫理法人会で講演を頼まれた。ただ、こちらの方は反省することが多い。

その時のことを思い出して、こう述べる。

「薬物は断ち切れないと言われる中で、自分は薬物から立ち直れて、しかも起業して急成長している。その意識が強くあった時なので、『俺は凄い』という思いを実際に持っていました。――確かにそうでしょうけれども――明らかに驕りがありました。

ですから、先輩経営者を目の前にして、偉そうに随分生意氣な態度で、生意氣な話をしたと思います」


「凄いというのは、具体的にはどういうことですか」

「当時私の会社は、地元では軍隊みたいな会社として有名でした。もう会社は軍隊そのもの、タテ社会で生きてきた私にとって、そのやり方は当たり前でした。上から『ぐわーっ』と押しつける。傲慢経営で凄かったです。

当時、社員に対しては、たとえ経営者やお客様が会社に見えていても、関係なく怒鳴り散らしていましたから」

よくヤクザ映画で、相手の首筋を掴まえて、自分の顔を相手の顔にすれすれに近づけて怒鳴りちらす光景が出てくるが、そういうことも当たり前のようにやっていたという。

「今になって考えると、よくできたなと思います」と長原さん。

その中でも、「若い時はそれでいい。創業者はそれでいい」と言ってくれた経営者がいて、救われたという。

2年間毎日同友会の会合に出席　人脈を得た

そんな長原さんに、「会社も大きくなってきたので、そろそろ同友会に入ってもいいのでは」と社会保険労務士の古田裕さんから入会を勧められた。おそらく、経営者としての勉強をしなさいということだと思うと長原さんは受け取った。長原さん38歳の時である。

長原さんにとって同友会への誘いは、経営者として有り難かった。

会社を法人化して、株式会社にしたのも同友会に入ってからである。しかし社会保険労務士に、最初「法人化しましょう」と言われても、

「法人化って何ですか」

「株式会社にすることですよ」

「それって、格好いいですね」

というレベルで仕事をしてきただけで、経営とは何かなど考えたことはなかった。

同友会についても同じ。同友会に誘われても、「それ、なんですか」という始末。会社は成長していたが、経営については何も勉強していなかった。

それでも、「経営に役立つから」と言われて、「なら行ってみるか」程度の氣持ちになって入会した。


勉強会に行ってみたら、新聞に出てくるような社長さんが周りにいっぱいいた。「俺は凄い」と思っていた長原さんなのに、その圧力に屈してしまったのか「冗談じゃない。こんなところには、いても立ってもいられない」と思った。

それで、人生についていろいろ相談していた株式会社ヒューマンリンクスの冨田友夫社長に「どうしたらいいですか」と相談した。「それは慣れるしかない」と言われた。

「慣れるしかないんですか」

「そう、慣れるしかない」

それを真に受けて、「慣れるしかないんだったら毎日出てやるぞ」と思った。ここが長原さんらしいところで、２年間毎日通ったという。帯広の例会と地区会の例会を合わせると、毎日どこかでやっていた。例会だけではなく「あらゆる勉強会に慣れろ」ということで、経営計画書の勉強会も泊まりがけで行った。

「毎日なんて、ほんとは嫌なんです。行きたくないんです。嫌ですから出るのが苦痛なんです。でも慣れるしかないということなので、出ると言った自分に負けたくないので、出続けました。朝起きて、今晩また同友会だと考えるだけで苦痛で、もう生理的に毎朝下痢の症状になっていましたね。

でもこれを続けていって得たものがあったんです。それは人脈なんです。有り難かったですね」

こういうこともあったという。

「同友会に入って最初の新年恒例会で、当時の帯広市長さんと名刺交換をさせてもらいました。その時は本当に嬉しく、自分が帯広市長と名刺交換をして対等にお話をさせてもらえたという、その喜びです。その帰り道は車の中で号泣していました。市長は、もう雲の上の存在という感覚でしたから」

人間としてダメだった自分が、市長と名刺交換ができた。そうなった自分が嬉しかったのだ。同友会での人脈は、また新しい展開へと繋がっていった。

生まれ変わりの起点になった40歳の誕生日

平成20（2018）年4月10日、長原さん40歳の誕生日、同友会の経営指針勉強会で一緒だった、菱中産業株式会社中谷全宏社長から盛和塾の誘いの電話があった。仕事が絶頂の時である。同じ年の9月にはリーマンショックがあり、このタイミングで誘いがあったのは、長原さんにとって大きな意味があった。

これを起点にして、長原さんが人間として、経営者として生まれ変わっていく。しかし当時の長原さんは、

「稲盛さん知ってる？」と言われても、「京セラ知ってる？」と言われても、

「知りません」というのが実態だった。

でもご縁があるというか、経営の勉強になるということで入塾の誘いを受けた、ちょうど5月に、岐阜で開催される塾長例会があり、それに出席したいと思った長原さん、「それには塾生資格が必要」ということを知り、5月の塾長例会の前に入塾させていただいた。

初めて盛和塾の塾長例会に出席した長原さん、懇親会の時に稲盛塾長から

「あんた社員に感謝しとるか」と言われたという。

ヒトラー社長の長原さんは、そんなことを考えたこともない。

「はぁ？　えっ？」

考えたこともなかったので、もう「えっ？」というしかなかった。

すると稲盛塾長から、再び、

「感謝しとるかって、聞いとるんや」

と言われてしまった。

もう答える言葉が見つからない。

「感謝ですか？」と答えると、

「お前みたいな人間のもとの下で、汗水垂らして売り上げを運んできてくれとる社員のことを、感謝しとるかって聞いとるんや」

「はぁ、はぁ、はぁ」

もう長原さんから、本当に言葉が出なくなった。言われている通りではあるが、そんなこと考えたこともなかったので、返事のしようがなかったのである。

そして長原さんは、確かに「お前みたいなもとの下で」というのは納得できるし、「お前みたいなものの下で汗水流して売り上げを持ってきてくれる」こともそうだと思い、ようやく社員に感謝する氣持ちが生まれてきた。

「俺は凄い」の鼻をへし折られた日総研のSA

盛和塾で学び始めた同じ年の9月、同友会で知り合った経営者から、日総研の研修会を紹介され、札幌で行われたSA（自己成長コースセミナー）を受講した。このセミナーで長原さんは、「俺は」の鼻をへし折られた。

「自分が一番と思っていたのに、できない自分の姿が露《あら》わにされ、それが今の本当の自分だと知れば知るほど、悔しくて、悔しくて、仕方がなかった」という長原さん。

「おそらく傲慢だった当時の私を見て、長原に必要な、いい研修があるよと声をかけてくれたのだと思います」という。

その3泊4日の研修に出た長原さん、けちょんけちょんにやられた。自分がいいと思って出した選択が、そうじゃないだろうと言われてしまう。

制限時間の中でやるワークでも、「自分は仕事ができると思っていた」し、「俺は凄いと思っていた」のに、全然良い結果が出ない。「しょせん俺はこんなものだったんだと氣づかされた」という。

自分のダメな面が明らかにされた研修ではあったけれども、その時に学んだことは、自分のものとして今でも生かしているという。

「例えば、どういうことですか」と、その内容を教えてもらった。

その1　常に本氣の氣持ちで日々を過ごす。常に全力を尽す。

その2　自己実現をしていく選択は無限大である。本氣でやろうと思えば、いろいろとやる方法は見つかる。

その2　目をしっかりと開ける。そして笑顔。「当時の私は、本当にしかめっ面で眉間にシワを寄せ、目を細めて、俺に逆らったら、ただではおかないぞという怖い顔をしていました。それを全否定されたわけです。鏡に向って必死で目を開け、笑顔の練習をしました」という。

その3　誠意。「傲慢だった私の生き方を、根本から変えることになりました」

その4　両親、ご先祖に感謝する。この感謝の心が、お客様や取引先、社員にも繋がっていく。

その5　素直。自分が正しいと思っていたことが、ことごとくダメと言われる。「もう素直にやるしかありませんでした。素直な心の大切さは、素直になってみて初めて分かりました」という。

「自分の夢を実現する」ということであれば、その夢実現に向かって素直に生きる。「社会に法則がある」ということが分かったら、良いことが実現する法則に素直になって生きる。

それらを長原さんは、学び実践している。

読書は結果を得るためにある

盛和塾に入ったことがきっかけで、勉強会に参加するために全国に出かけるようになった。そのお陰で、静岡に住む子供達とも会えるようになったし、沢山の人脈もできたし、経営者としての勉強もさせてもらうことができた。

その一つ一つが、次に生きている。「こんなに有り難く、嬉しいことはありません。行動範囲が広がっています」と長原さんは語る。

入塾してすぐに、稲盛和夫塾長の『生き方』（サンマーク出版）を読み始めた。それは稲盛哲学を知らないと先輩塾生と会話ができないと思ったからである。

この後に出てくる『致知』を手にした時もそうだったように、満足に勉強をしてこなかった長原さんは、読書が嫌いだった。まずは面倒くさい。漢字も意味もわからない。だから本を読もうなどと思ったことがない。

でも盛和塾の先輩塾生と会話するためには、読まなければそれが叶わない。もう読むしかない。と思っても漢字が読めない。意味も分からない。その都度辞書を引きながら読み進めた。なんと、読み終わるまで半年もかかった。

それが良かった。なぜなら、読んでは前に戻り、また読んでは前に戻り、じっくりと時間をかけて読むことで、読書が与えてくれる価値を知ったからである。読む前は、誰が本なんて読むものかと思っていたけれども、読み終わって「読書って凄い」と感じたのだ。自分が知らなかったこと、いろんな知識を教えてくれる。「これはもう、読書をしないともったいない」。長原さんらしい独特の感覚を持った。

実は私も、今は出版社の社長であるが、本が大嫌いであった。そんな私が本を読むようになったのは、尊敬する怖い先輩が司馬遼太郎の『竜馬がゆく』を読めと言われたのがきっかけある。「これは面白い」と思って本を読むようになったのが、私43歳の時だった。長原さんは40歳の時。私より早く読書に目覚めている。

長原さんはそこから読書がやみ付きになり、現在まで「2000冊は超えています」という。

長原さんの独特の感覚というのは、読書に対する考え方が一般的に言う「読書好き」とはちょっと違う。「読書は、読むだけで終わってはいけない。結果を得るためにある」というのである。

根本的に読書が嫌いという長原さん、大切な時間を使って読むからには「本を読んだという自己満足感や、単に知識を得るための手段ではもったいない。読書で得た知識を実践して結果を出して、初めて読書をしたと言える」というのである。

結果が全てという長原さんの読書。「結果が出ない読書は、時間の無駄と考えます。結果に対する執着、執念があります。私にとって読書は命がけで、趣味ではありません」と断言する。いかにも長原さんらしい。

マイナスの発想、発言はしない

それは読書に限らず、長原さんの生き方の全てに通じている。不平不満を言う暇があったら未来に繋がることをやる。不平不満はマイナスの発想、発言。それは自分の運氣を下げてしまう。長原さんはそう認識してから、ネガティブなことを自分からは一切なくすようにしている。

この辺りのことは、長原さんが師匠と位置づけている地元の、いのうえ歯科医院理事長の井上裕之先生から、たくさん学ばせてもらってきたそうだ。

また、成功者の人達から学んだことで、成功者が共通して実践しているうちの一つだといういう。その実践とは、「常に目に見える結果を作っていくための実践」と「目に見えない運、徳を高めていくための実践」であり、長原さんはその両方の実践を連続させていくように、「自分を信じる」ことで取り組んでいる。

そうしないと、自分も成功者の位置には行けないからである。

現在長原さんは、プラスの発想や発言を心掛け、その重要性を実感しているという。

分かり易く言うと、
言った言葉が返ってくる。

思ったことが現実になる。

宇宙に法則があり、世の中のエネルギーや人から発する氣によって、現実が生まれてくる。だからマイナスなことを思わない。

長原さんは、良いと思ったらすぐに実行する。本を読んで、「思ったこと、それが人生の結果だ」と知ったからには、自分はそれを実践するということにしかならないと話す。「素直に実践」というのが、長原さんの生き方になっている。

致知出版社の『致知』と藤尾秀昭社長とも繋がった

盛和塾に入って、先輩塾生がみんな月刊誌『致知』を読んでいることに氣づいた。その流れで何となく『致知』を読まなきゃまずいみたいなノリで年間購読の申し込みをしたという長原さん。

届いてビックリ、「えっ、何だこれ、誰がこんなのを読むの？　こんなの俺読みたいと思えないよ」というのが第一印象だったという。

「それでもペラペラと捲《めく》りながら、「感性的な部分が、ページの中にテーマや太文字で書かれていたところがあり、心引かれる部分があって救われました。

ですから最初は、とびとびで興味をそそられた記事、時には有名人が登場されているので、そういうページを読むくらいでした。でも全体的には、これは素晴らしい雑誌なんだということは感じていました」という。

ちなみに長原さんは、２０１４年3月号の『致知』、特集「自分の城は自分で守る」の中で、～生かされていることに氣づかされて～と題して登場している。また令和２年２月号では「致知と私」のコーナーで、「『致知』は感謝と諦めない心を高め続けてくれる」と題して登場している。

藤尾社長との最初の縁を聞いてみたら、大阪で開催された盛和塾大阪の勉強会に参加した時だという。

「たまたま帯広に柳月というお菓子屋さんがあり、その田村さんという社長さんが盛和塾大阪の勉強会で発表されるということがあり、私を盛和塾に誘ってくださった中谷社長さんと応援に行こうということで、一緒に大阪の勉強会に行きました。その時は、藤尾社長も発表者ということでこられていたんです。そこで何と凄い方だと感動いたしまして、名刺交換もさせていただきました」

『致知』と言えば、『致知』をテキストとした「社内木鶏会」がある。「社内木鶏」とは、月刊誌『致知』の記事の中から幾つかを選び、その感想を4人のグループにわかれ、それぞれが発表する。その時の条件は「美点凝視」、発表者の意見を褒める。それは自分では氣づかなかったことにも氣づき、共に学べ、人間力の向上に役立つ。

その真似ごとを長原さんは、会社でやり始めた。

「どうやって、やっていましたか」と聞くと、「上から目線で結構がんがんやっていました」という。「軍隊そのもの、ヒトラー経営」として有名だったことを前述したが、この時期はまだまだ「ヒトラー経営」をしていた。

社長の命令なので、社員は形だけは従う。しかしヤル氣などない。社員教育の一環としてやっていても、大事な社員の氣持ちは離れてしまっていた。当然、効果は上がらない。でも、長原さんは、社員の人間性を高めるためには役立つと思ってやっていた。

とある時に藤尾社長から、「社内木鶏会どうだい」って声をかけられた。

「やっていますよ。コピーとって」

「なに、コピー!! 生でやらなきゃだめだよ。そんなの話にならん」

とお叱りを受けたという。

それで致知出版社から板東潤さんに来ていただいて、正式に社内木鶏会をキックオフさせた。それから現在まで毎月休まずに続けており、68回を数えている。

長原社長、吊るし上げ事件発生

同友会、盛和塾に入って、「ヒトラー経営」ではいけない、上から目線では経営はやっていけない、ということが少しずつ分かりつつあった頃、長原さんは社員から吊るし上げをくらってしまった。

「えっ、社長の長原さんが、しかもヒトラーと言われていた独裁の長原さんが、社員から吊るし上げをされたんですか」

「そうです。『お前ちょっと来い』と言われて事務所に入ったら『お前そこに立て』と命令されたんです。1時間半、吊るし上げされました。どうなるんだろうと思って、本当に怖かったです」

「どんなことを言われたんですか」

「俺たちいなくなったらこの会社終わりだよな」と言われた。

「そういうことは、よく組合ができた時に聞く話です。組合ができたんですか」

「組合はないです。もう8年前の話になりますが、創業してから相当な傲慢経営をしていた私は、盛和塾に入塾させていただいてから、大きく変わるきっかけになり和らいではいったものの、まだまだ傲慢で上から目線が残っていました。同時に私がそういうトップでしたから、幹部連中もこれまた傲慢に育っていたんですね。そんな環境に不満を募らせていた部下が、ついに爆発してしまいました。

後で分かったことでしたが、幹部達はヒトラー社長の私を利用して自分達の都合のいいように好き放題、やり放題で発言したり、態度をとったりしていたわけです。

それに対して、当時、もうすぐ退職が決まっていた年配社員が音頭をとり、会社に不満を強く持っていた数名の年配社員も便乗して暴動が起きたのです。

それらの原因は、幹部がすべてウソのことを部下に言っており、その積み重ねからくるものでした。と言って私は、それを幹部のせいにして、自分はおりこうさんになるわけにはいかなかったので、〝全部私の指示だ〟と背負いました。

その光景を目の当たりにして、当時3人のウソを言っていた幹部達は、もうぐったり泣き崩れてしまいました。

部下が爆発したことで、私はその現状を初めて知ったわけです。部下達が、当然、怒るよなーと同感できましたので、私は誠心誠意、対応と説明に努めました。それにしても超、怖かったです。


本音で言いたいことをぶつけた退職間近の音頭をとっていた年配社員をはじめ、数名の便乗した年配社員（部下）は、すっきりしたのでしょうか。1時間半経って、『もういいよ。もう行っていいよ』って言って私を解放しました。

その後で1時間くらいかけて、本当に今後どうするかということを社員が話し合って、結論が出たということで、私に報告にきました。

『みんなここまで頑張ってきたんだから、これからも皆でやっていこう』『みんなでこの会社を盛り上げていこう』『皆でこの会社を頑張っていこう』ということになったというのです。私としては、恐怖から有り難い話の展開になりました」

「全部私の責任です」と誠心誠意話をした

「幹部がウソをついて部下に言っていたことを知らなかったのに、すべて自分が原因だと言い切ったわけですね。それによって社員達は、社長が原因だと思って吊るし上げしたけれども、そうではないということが分かったということですね」

「そういうことです。当時の幹部は、社員に嘘を言っていたのです」

「そんなに嘘だらけだったんですか」

「そうです。全部が全部なんです。社長がこう言っているなんて、めちゃくちゃなことを言っていたんです。だから、幹部以外の社員さんは爆発したわけです」

「幹部にとって都合が悪いことは、全部社長がダメだって言っていた、と社員に伝えていたわけですね。それでは、社員が頭にきて当然ですね」

「だから爆発したわけです。ただ私はそれを単純に、幹部のせいにするわけにいかなかったのです。というのは、私は立場上、普段は幹部を信じて仕事をしていたからです。

幹部が嘘をついていたことを知らなかったとは言え、トップの責任者として、幹部が悪いとは一言も言いませんでした。むしろ、幹部に問題があったということも氣づかれないように、『全部私の責任です』ということを誠心誠意、心を込めて、今度は私が1時間半話をさせてもらたわけです」

会社経営は、いつ何があるか分からない。長原さんにもこういう辛い体験があったのかと思うと、他人事では済まされない事件と言える。

ただ長原さんは、これを単なる事件で終わらせなかった。「不平不満のない会社づくり」の大きなきっかけとした。まさに、人生を無駄にしたくないという長原さんの「もったいない精神」が、この事件をプラスに生かしたことになる。

利他に生きる

長原さんが「不平不満のない会社づくり」を大きく前進させるきっかけに、盛和塾の稲盛塾長との出会いがある。稲盛塾長がよく口にされる「利他」の生き方が、長原さんの生き方を大きく変えた。「利他」が心の柱になったのである。

「利他」の言葉を表面だけで捉えれば「他の利益」となるが、他者のために役立つ、他者に喜んでもらう生き方をすると、結果としてそれは自分の喜びになるという教えである。何もかも自分優先、自分の得を優先して生きてきた長原さんにとって、この言葉は大きな目覚めとなった。

覚醒剤を断ち切るために始めた宅配業務も、確かに長原さんが頑張ったからこそ拡大できたのであるが、「俺が、俺が」の経営になっていた。

驕《おご》りもあって、自分を省みることもなかった。

たまたま盛和塾に入塾した年にリーマンショックが起きているが、長原さんはその影響は受けなかった。ただ会社を法人化（株式会社）したことで、決算は赤字になった。というのは、それまでは全て現金で処理していて、うまく回っていたので赤字など思いもつかなかった。

「なんで、赤字になったのですか」

「減価償却すると赤字になると言われたんです。ただ減価償却も分からず、その処理の仕方を聞いたら、減価償却をするのは正式なやり方と言われたので、そうしてくださいとお願いしたんです」

「損金が増えて、赤字になったんですね。となれば、黒字になるように何か改善しなければなりませんが、何か手を打ったんですか」

「はい。それまでは車の台数を増やせば売上げは上っていたので、車の台数を増やして最高55台まで行っていました。売上だけでなく利益を確保するということで台数を減らしていきました」

もともと経営者になりたくて事業を始めたわけではない長原さんは、営業の言葉も知らなかったというように、決算書も読めない、そもそも決算書の意味も分からなかった。現金があったので、キャッシュフローは成り立っていたので、経営の実態を把握できていなかった。それが長原さんの初期における経営実態であった。

同友会や盛和塾で立派な経営者と接しながら、長原さんも「経営」を真剣に考えるようになった。経営の学びも積極的に行うようになった。

その中で、出合った。その1つが「利他」だった。「利他」の生き方が腑に落ちた長原さんは、「よし、これで生きよう」と決意した。

一度決意すれば、あとは実行あるのみ。それが長原さんの強みである。再婚した長原さんに長男が産まれた。迷わず「利他」にすると決めた。「リタはいいけど『他』は変えて欲しい」と奥さんから要望が出た。それを受け入れて「利太」にした。長原さんは毎日「リタ」という言葉を耳にし、また発する。それがとても心地よいという。だから長原さんは「利他」の心を忘れることはない。

不平不満のない会社づくりに挑戦中

長原さんは経営者としての勉強を始めてから、自分が変わらなければならないと考えるようになった。その思いを強くしたのが「社長吊るし上げ事件」であった。会社を安定させ、社員が将来も安心して働ける会社にしていくには、何より社員が「不平不満を持たない会社」にすることが大事だと考えた。

そのことで、どんな考えを持って社員の皆さんに話をしているのかを聞いてみた。その要点を幾つか挙げてみたい。

・会社はボランティア団体でも施設でもない。
・会社が継続して経営するには、利益を得なければならない。
・社員の給料を支払うにも、また年収を少しでも上げていくためには、売上げを上げていかなければならない（利益を上げていく）。
・社長が、いくら給料を上げようと思っても、売上げが上がり、利益が上がらなければ、上げることはできない。
・お金が増えて困ることはない。逆に増えないと寂しい。
・同じ仕事をするのにも、売上げを上げていかなければ、もったいない。
・そういう考えを社員が共有し、本氣で一所懸命働ける会社にしたい。
・社員が、お互いを理解し、お互いが力を合わせて仕事ができる会社にしたい。

簡単に言えば、会社は稼いでなんぼということをストレートに話をしているという。そのことを社員と共有し、一緒になって頑張っていけるように意識を高めていくのが社長の役割。ということで、長原さんは、真剣に本音で話をしているという。

合わせて、社員には次のような話もしている。

「人には、長所もあれば短所もあります。それぞれの役割分担を果たすべく、自分の長所を生かしその力を大いに発揮していきましょう。

短所をあげつらって、皆で不平不満を言い合う話をよく聞きますが、そんなことをしても『売上げは上がると思う』『上がらないでしょ』。

私もそうだけど、長所もあれば短所もあります。だからこそ皆でそれを理解し合って、短所は自分で自覚して軽減していけばいい。不平不満を言って、人を責めるようなことをやっても、何の利益もありません。

だから皆で協力し合って、お互いの人間を成長させ、会社の雰囲氣をよくしていきましょう。そのためには、お互いが思っていることを、本音で言い合えるようにしていきたい。体裁だけつくろって、言いたいことが言えずに不満が溜まっていくと、いずれそれがどこかで爆発してしまいます。そんなことをやっても意味がありません。

社長に話をしたいけど、忙しいだろうとか、出張しているからと言って話すことを遠慮しないで欲しい。お願いだからそういう遠慮は止めて欲しい。

話をしたいと思ったら、私が帯広にいなくても遠慮なく電話をして欲しい。というふうに話をしています」

また長原さんの会社、株式会社ドリームジャパンは前科者の採用もしている。それは長原さんの夢の一つである、更生活動の一環である。長原さん自身が同じ体験者なので、氣持ちが良く通じる。

その輪を全国に展開する店舗展開の夢も現実化しつつある。新しく職親プロジェクトにも参加（詳しくは後半の章で紹介）。それができるのは、長原さんの会社が安定して成長しているからである。「不平不満のない会社づくり」が成果を上げている。

第3章　長原和宣　夢実現に向かって

脳と身体が覚えている覚醒剤の使用感覚

長原さんは講演で、夢を持つことの大切さを必ず話す。夢を持つことで、自分の人生を、自分の思った通りに、自分自身で実現できることを実感しているからである。

繰り返しになるが、長原さんは、今、生かされていることに無上の喜びと、有り難さを感じているが故に、一度きりしかない人生を精一杯生きなければもったいないと本氣で思っている。

この、もったいない感覚が、長原さんの生き方になっている。だから、常に今できることを精一杯、頑張ってやろうという意欲が湧いてくる。

その全ての出発点は、強度な覚醒剤中毒に陥って、もう死ぬという局面に遭いながら、今、自分は生かされ、生きているということにある。

それは、間違いなくお祖父ちゃんが生かしてくれたと長原さんは信じている。

それについては、第1章の「どん底にも導きがあった長原さん」の中で少し触れたが、今一度もう少し詳しく触れてみたい。

覚醒剤を断ち切ることがいかに難しいかということを、長原さん自身も体験しているからである。

もともとは使ってはいけない覚醒剤、今でも逮捕者のニュースが度々あるように、一度使ってしまったら、止めるに止められない、人間を狂わしてしまうから恐ろしい。それに長原さんは嵌《おちい》ってしまった。

ただ使用の量や期間によって、短期間は自分の意志で止められる場合もあるようである。長原さんは、覚醒剤使用が増えていく中で左腕のしびれが酷くなってきたことがある。それで伊豆長岡の病院で治療することにした。治療はいいが、もし病院で血液検査をされれば、覚醒剤の使用がバレてしまう。そこで長原さんは、病院に行く2週間前からネタ打ちを中止した。

「そういう時は、止められるんですか」

「病院に行く時は、薬をやっているのがばれないように注射を止めます。それはできたんですね。なにせ捕まりたくない。捕まれば終わり。当時の私にとって1週間、10日間、覚醒剤をやらないということは大変なことです。1日、10数回やる人間でしたから、そんな人間が10日間打たないなんて至難のわざです。本当に凄いことなんです。我慢、我慢、我慢しました。逮捕されないために」

という生々しい当時の状況を話してくれた。

しかし腕のしびれが治った後には、また使用している。

この話を聞いて、人というのは、その事情がどうであれ、今自分が何に重点を置いて生きているかで、生き方や行動が変わってくると思った。

覚醒剤に繰り返し手を出してしまうのは、覚醒剤の使用感覚が脳や身体に記憶され、絶対使わないと思っていても、つい手を出してしまう、というから止められなくなる。ということで覚醒剤は止められないというのが一般的な考えになっている。

覚醒剤を打ち過ぎて病院に入れられた

覚醒剤をやめられなくなった長原さんは、使用量が増え幻覚幻聴が多くなっていった。人が周りにいないのに、「止めろ」「身内にバレたぞ」「お前のお祖父ちゃんは泣き崩れているし、天国で悲しんでいるんだぞ」「覚醒剤はどこかに捨てなさい」という声が確かに聞こえる。

先程出てきた「お祖父ちゃん」というのは、長原さんの祖父、白樺学園創設者の長原林造さんである。

幻聴ではあるが長原さんには、本当にそこに人がいるように、はっきりと聞こえる。「止めろ。捨てろ」と言われて覚醒剤をトイレに流したり、灰皿の上で燃やしたりした。ということは、少なくとも止めようという意志はあったのである。

しかし、その後にまた、すぐに覚醒剤を買いに行っていた。どれほどそれを繰り返してきたか。

平成11年8月20日。長原さんは沼津のラブホテルで、幻覚がひどくなってもネタを打ち続けていた。翌21日(土)、奥さんから電話があり、居場所だけは伝えた。電話ではあったが、奥さんはその時、長原さんの異常を直感した。

奥さんは、長原さんの実家に相談し、「放っておくと大変なことになる」ということになり、沼津にある精神病院に入院させることにした。長原さんは意識を失ったまま、まる1週間こんこんと眠り続けた。

病院側は当初、入院期間を1か月と見込んでいたが、大幅に短縮され7日目には退院許可が出された。

当然ここで長原さんは、覚醒剤を断ち切ることを決意したと私は思った。しかし、その日に組長のところに行って買ってきたという。

「正常に頭が働いていなかったということです。ただ、眠りが覚めて7日経っていることはカレンダーを見てわかりましたが、なぜ自分が入院しなければならなかったのかの理由が分からない。そもそも、入院して皆さんに迷惑をかけたとか、お世話になったとかの自覚がないのです」

全く酷い話である。しかし覚醒剤を止めなければという思いはあったようで、家族とも話し合って、覚醒剤に手を出せないようにするため、覚醒剤を購入する場所から離れることにした。

ちょうど長原さんは大手運送会社に新しく就職が決まっていたので、家族同意のもとで帯広への転勤を願い出た。ところが返答は「No」だった。

転勤を願い出た第1の目的は、覚醒剤を購入していた場所から離れることであった。それで家族は転勤は認められなかったけれども、帯広に移転することにした。引越し荷物を全部帯広に送り終え、一晩ラブホテルに泊まることになった。長原さんは「帯広では絶対にネタを打たないぞ」と決意していた。

後の話になるが、長原さんは退院の日に忘れられない光景を見ている。

「洗面所で、小学生かそれより若い子が数人いたのを見かけたんです。明らかに障害がある子供達でした。自分は7日間で退院できたけど、その子供達はおそらく長い入院になっている。それを思った時に、なんと自分はバカなことをしていたんだと思いました」

こういう子供達も必死になって生きている。それを自分は、自分で自分の体を悪くするようなことをやってきた。

この体験も長原さんにとって、忘れられない貴重な学びになっている。

覚醒剤を断ち切れない長原さんに強烈なヤキが入る

ところが「絶対に覚醒剤を打たないぞ」という決意が、いかにあやふやなものか、それは覚醒剤を体験した者の宿命と言える。長原さんは奥さんの目を盗んで、覚醒剤売人の暴力団組長のところに行って覚醒剤をまとめ買いをしたのだ。

「せっかくのチャンスだったのに、なぜそんなに簡単にまた手を出すのですか」

「はっきりと覚えていないんです。自分では分からないけど、そうなってしまうのです。だから覚醒剤は恐ろしいんです」と長原さんは答える。そんな長原さんの裏切り行為で、子供3人を含めた家族5人は、結局、半月間ラブホテルで暮らすはめになった。

最高のヤキを入れられた時のことを思い出して語る長原さん

　ラブホテルでの生活が1日延び、また1日延び、とうとう半月たったある日、それに終止符を打つ大きな出来事が起きた。読者の皆様は俄《にわ》かに信じられないと思うが、長原さんが言うには、「自分は殺される」と恐怖を感じて外に逃げだした時に、「救いの女神様」が現れたという。それでまた怖さが増して部屋に戻ったら、今度は林造お祖父ちゃんから強烈なヤキを入れられたというのである。

朝の3時頃、風呂上りに覚醒剤を打っていた。

突然「覚せい剤をやめろ」という命令が聞こえた。その声に恐怖を感じた長原さんは、このままでは殺されると思って外に飛び出した。すると3メートル先に、まるで死装束のような白い薄衣をまとった女が立っていた。これを長原さんは「女神様」と表現するが、長原さんには、はっきりと見えた。

「オレを殺しに来たんだ。絶対そうだ。まだ死にたくない」

その恐怖の中、長原さんは慌ててラブホテルに戻った。もしこの時、女神様がいなければ、交通量の多い道路に飛び出て事故に遭っていたに違いない。女神様がいたことで死なずに済んだというのである。しかし、それは後で氣付いたこと。

ラブホテルに戻ると、また幻聴が聞こえる。「殺される」という恐怖が長原さんの心も身体も覆いつくし、もうどうにも身動きができなくなって、動くこともできず、入り口のドアに体をしっかりと寄せ付けて、泣き続けた。すると声が聞こえた。

「止めなければ、お前の足を切って、走れないようにしてやる!!」

というのだ。

その途端、火がついたように足にピリ、ピリ、ピリピリと強烈な痛みが走り、本当に足が切られている感じを受けた。長原さんの恐怖は更に増した。

「許してください。やめます」

と本氣で泣きながら謝り続けた。それが5時間も続いたという。

この声は間違いなく林造お祖父ちゃんである。


この現象は、一般的に言えば、間違いなく幻覚、幻聴である。しかし長原さんにとっては、間違いのない真実なのである。

この最高のヤキが入った、最高級の幻覚、幻聴で、長原さんは帯広に帰る決断ができた。もうこんな恐怖感を味わいたくない、と深く反省したのである。

帯広に帰り、まず実家の仏壇に向かった。そこに林造お祖父ちゃんの写真があった。それを見た瞬間「そうか、林造お祖父ちゃんが自分の命を救ってくれたんだ」と思ったという。

半年間覚醒剤を断つ　しかしまた手を出してしまった

帯広に帰った長原さんは、第1章で述べたように、社会の厳しい現実に直面した。それを、我慢、我慢、何があっても我慢し、耐えに耐えて耐え抜いて、半年が経った。ポスティング、英会話教室のチラシ配り、新聞の病院での販売、新聞の集金まで辿《たど》りついていた。

平成12年3月下旬、家族で静岡に里帰りすることになって、仕事先から5日間の休みをもらった。覚醒剤に意識がいかないように、仕事、仕事、また仕事、ひたすら仕事に集中して、半年間とはいえ長原さんは完全に覚醒剤と手を切っていた。覚醒剤とは無縁の生活を送っていたので、もう大丈夫だろうと自分でも思ったし家族もそう思っていた。

車で静岡に戻った長原さんは、家族を車から降ろすと、本人もその理由は分からないというが、組長の所に顔を出した。

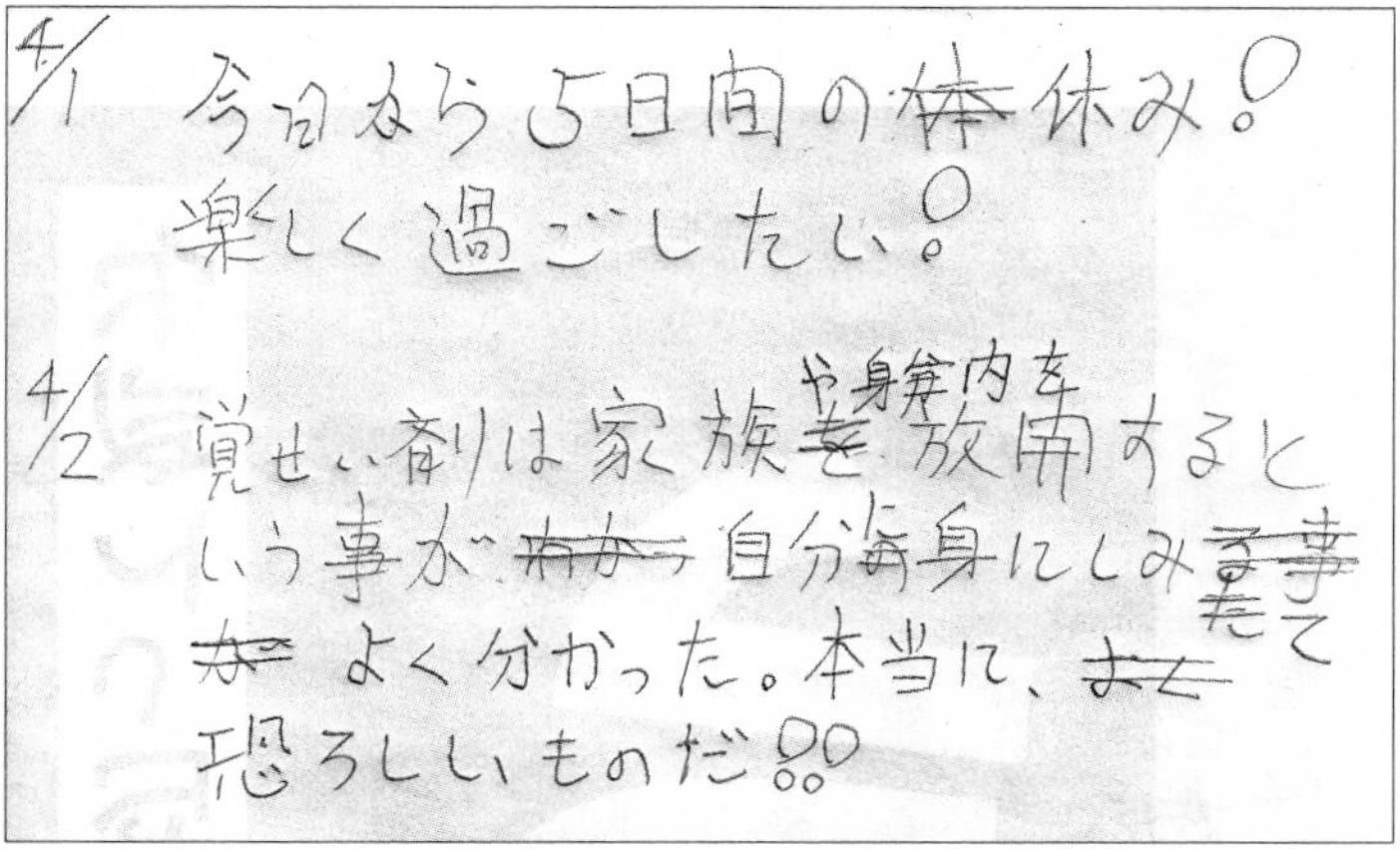
4/1 今日から5日間の休み！
楽しく過ごしたい！
4/2 覚せい剤は家族を
いう事が自分自身にしみて
よく分かった。本当に、
恐ろしいものだ!!

半年ぶりに覚醒剤を打って、その時に氣付いたことを書いた日記。「やはり薬物は家庭を崩壊させる」

「一発サービスするからよ」

半年ぶりの一発は、氣分を異常に高揚させた。組長から覚醒剤を仕入れると、沼津インター付近のラブホテル街に直行した。3日3晩まったく眠らずに、貪るように打ち続けた。せっかく覚醒剤を断ち切っていたのに、清水町に着いた途端、悪い習慣が頭をもたげたのだ。覚醒剤に一度手を出した人は、止めようと思ってもまた手を出す。これが薬物依存症の怖さである。

この時のことを長原さんは、前のページに掲載した日記に次のように記《しる》している。

「やはり薬物は家庭を崩壊させる」と。

その「日記」という紙を見たら、新聞に入ってくる裏が白の広告紙である。今は溢れるほど紙はあるけれども、こうした節約はいつでも誰もがしなければならいと思う。

3日3晩打ち続けたことで、また幻覚幻聴に襲われた長原さんは、また殺される恐怖に襲われた。今度は車で逃げ出した。そして交通事故を起こし、覚醒剤所持の現行犯で逮捕された。その後、尿検査で陽性になり、覚醒剤所持使用の罪で「懲役1年8か月、執行猶予3年」の有罪判決を受けたのである。

人間、自分の人生を良くも悪くもする自由がある

身体を拘束され、そこで自由の有り難さを身に染みて感じた長原さんは、「生きることは自由」と捉えている。自分の人生を、良くするのも、悪くするのも、自由があるからこそできる。

良く生きなかったら、もったいない。という生き方もこれに繋がっている。

昔、「神様がいるとして、神様が完全な人間を創ったというなら、なんで人間は悪いことをするのか」という問答を聞いたことがある。その答えは「神様は人間に選択の自由を与えた。その自由を使うのは人間」というのである。結局これも、自分の人生を良くするも悪くするも自分しだいとなる。

長原さんは、自分の人生をより良くするために、覚醒剤を断ち切って20年以上経つ。止められないと諦めるのではなくて、前を向いて生きる。

そこで、何で長原さんは、半年間覚醒剤を断ち切りながら、なぜまた手を出してしまっ

たのだろうかと考えてみた。

その答えは「それが覚醒剤の恐ろしさ」ということになるかもしれない。

でも長原さんの場合は、これも祖父林造さんの導きではないかと私には感じる。

それは、覚醒剤の誘惑を断ち切ることができない人達に対して、見事に立ち直ったという姿を見せるには、個人レベルでの「私、昔、覚醒剤をやっていました」というだけでは説得力に欠ける。

長原さんには酷なことではあるが、「覚醒剤で逮捕」という罪を負わせ、覚醒剤から立ち直ることができるという、本当の手本を示すためではなかったのかと思えるのである。

拘置所からの手紙「やっと明日、自由になれます」

今回の取材で長原さんから、拘置所で書いた手紙を見せてもらった。明日、判決が下されるという日に書いた、ご両親に宛ての手紙である。

お父さん・お母さんへ

こんにちは　こちらは梅雨でとてもいやな天氣が続き、体調も変わり維持するのに大変な毎日を送っていますが、帯広の方はどうでしょうか。

今日は、7月2日（日）でいよいよ明日、7月3日（月）は、判決公判の日がやって来ました。今回は、執行猶予で出る事が出来ます。やっと明日、自由になれます。本当、長かったです。そして辛かったです。

4月7日から病院で31日間、5月8日から沼津署で29日間、6月6日から沼津拘置所で明日で28日目となります。トータルして、88日間になりました。

その間、色々とご迷惑をかけ、また、お金も借りて送っていただいて、ありがとうございました。もう二度とこの様な事にならない様に今後生活して行く事を約束いたしますので、家族ともどもよろしくお願いします。

生まれて初めて拘置所に入って、言葉にならない程反省出来、また、今までの自分を振り返る事が出来ました。そして自分なりに人間として、大きくなれた様な氣がします。

今後、自衛隊で学んだ事、運送会社で学んだ事、そして今回逮捕されて学んだ事をこれからの自分の人生に生かして、お母さんの言う様に「人に信用される人間」になれる様に頑張って行きたいと思います。

明日、釈放された後は、しばらく精神的に落ち着くまでは、ゆっくりしたいと思っていますので、わがままをおゆるし下さい。はやく子供達と遊んでやりたいです。

きっとこの手紙が届く頃は、自分が出所した後だと思います。その間、電話でこの手紙の内容の事を自分が話していると思いますが、御理解下さい。それでは、明日を楽しみにしています。

平成12年7月2日（日）

和宣

P・S

今回の事件を、引きずる様な発言は今後ない様に願います。

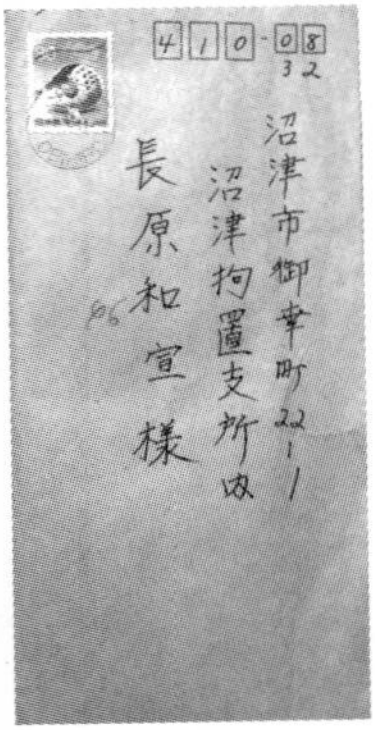

お父さんから、長原さん宛に出された封筒。鉛筆で46の数字が見える。拘置所では長原と呼ばれず、46番と呼ばれていたという。

子孫に対する遺産は教育に勝るものなし（林造）

祖父林造お祖父ちゃんの話を聞いていると、どうも長原さんはお祖父ちゃんの性格を継いでいるような氣がする。

すると長原さんは、お墓に書いてある言葉を紹介してくれた。毎月、お墓参りに行って

> 子孫に対する遺産は教育に勝るものなし、残るは人であり子孫であります。如何なる苦難をも克服しうる実力を具備した子孫を教育することこそ、子に対する遺産であると信じます。

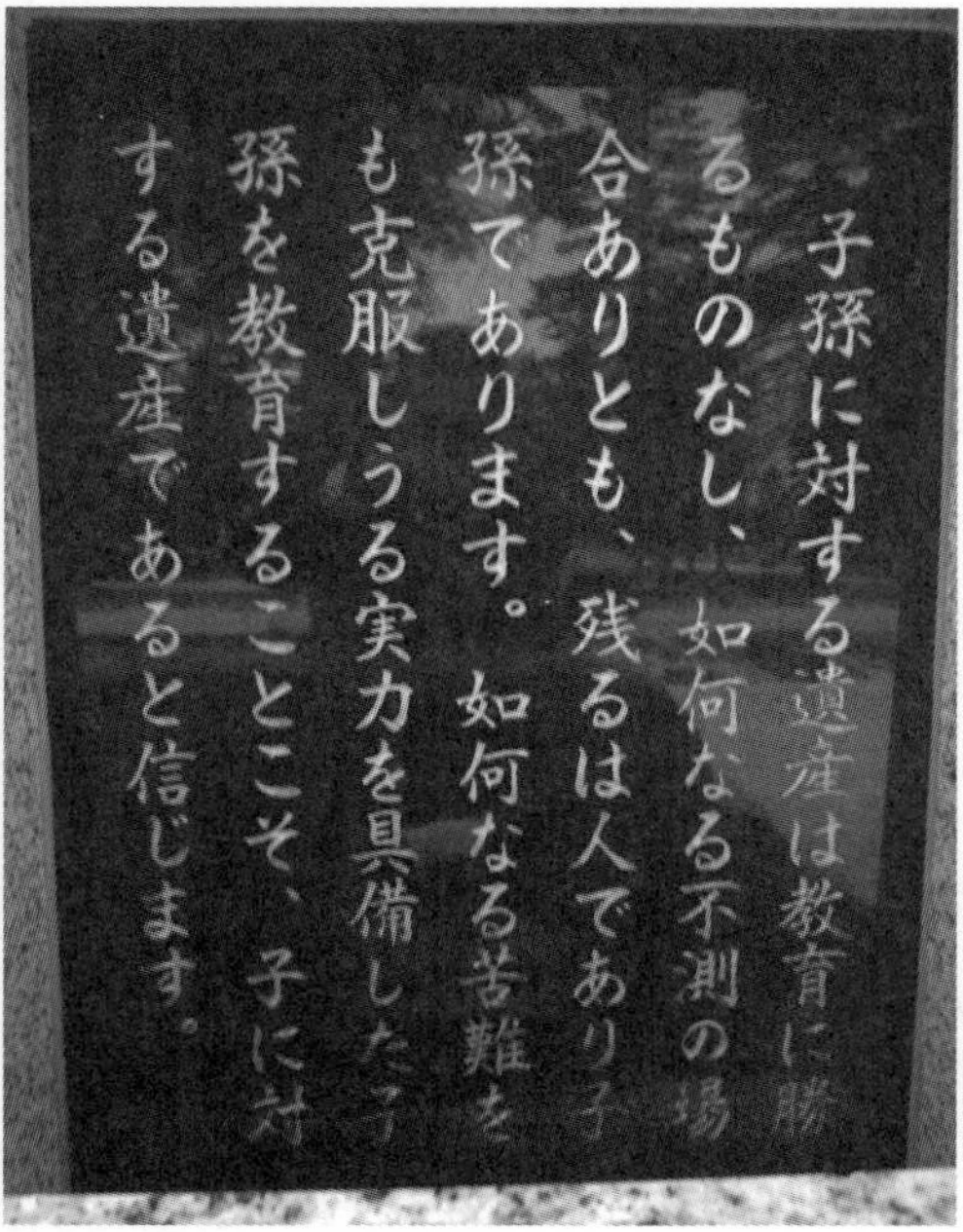

お墓に書かれている祖父林造さんの子孫への言葉

いるというので写真を撮ってもらった。

読者の皆様には、それぞれの思いで、この言葉を味わっていただきたい。私としては、林造お祖父ちゃんの願いである「如何なる苦難をも克服しうる」ことを長原さんに証明してもらうために、長原さんを生かしてくれたのではないかと思う。まさに命が引き継がれていると実感する。


こうした人間教育にかける思いが白樺学園設立の根柢にあると思った。

白樺学園（帯広）と言えば、優秀なスポーツ選手を輩出していることで有名である。昭和33年4月、地域に貢献する実業人の育成を目的とし、学校法人白樺学園 帯広商業高等学校開校を長原さんの林造お祖父ちゃんが設立した。

長原さんは、こう話す。

「私の家は、祖父の代から続く商売人の家系です。祖父・長原林造お祖父ちゃんは、両親、つまり私の曾祖父母と共に富山から帯広へ移ってきたと聞いています。もともと農家だったようですが、お祖父ちゃんはどうやら農業が好きではなかったらしくて、こっそり商売を始めたようです。コツコツと努力を積み重ね、問屋として商売が広がっていきました。

車でも2時間かかる帯広から広尾までの道のりを、自転車で往復していたようです。道路も舗装されていないでこぼこ道でしたから、自転車での移動は相当骨が折れたと思います。途中で自転車のチェーンが絡まってしまって、歩いて帰ってきたなんてこともあったと、長原清起《きよかつ》伯父さんから生前教えてもらったことがあります。

頑固なお祖父ちゃんでしたが、商人魂に溢れた人でした。そうして商売を通じて人脈を広げていったお祖父ちゃんは、今度は教育の場を作ろうと「白樺学園」の創設に尽力しました。何か一つ魅力や特色のある学校にと考え、スピードスケートに力を入れたと聞いています」

お祖父ちゃんの夢である大学を完成させる

長原さんは、帯広に帰ってきてしばらくしてから、お母さんがお祖父ちゃんの遺品を片付けていた際、「これ見る」と言って段ボールを渡された。その中に『長原理事長の足跡』という本を見つけた。めくってみると、中に大学建設中の写真があった。

「えー、お祖父ちゃん、大学も造っていたんだ」と思い、その説明を読むと文科省の認可が下りず途中で終わっていることが分かった。

この当時の長原さんは、とにかく覚醒剤中毒からどうやって立ち直っていこうか。また、家族をどうやって養っていこうかという大きな課題を抱えていた時だったが、ふと、「これ、自分にやれってことかな」と思った。

何より自分は、お祖父ちゃんによって命を救われている。

お祖父ちゃんのために何かしなければという思いはあった。

お祖父ちゃんが大学創設に取り組んでいたことは知らなかったけれども、偶然とは言えそれを知ったということは何か理由があるはずだ。

と考えた長原さんは、お祖父ちゃんの志を継いで、大学を完成させようと思った。そして、この時から長原さんの夢の一つに、体育に絞った体育大学の建設が入った。


まだ自分の仕事を軌道に乗せるのを優先させなければならない時、どうすればいいか。

それは、長原さんがいつも口にする「今、自分ができることを精一杯やる」である。

その第一は、自分の仕事を精一杯頑張って軌道に乗せる。

その第二は、大学建設にはお金も必要だし、すぐには手をつけられない。でもできることはあるはずだとして、体育大学の先輩経営者に聞くということを思いついた。

それで致知出版社の坂東さんに「大学の創り方がわかる人がおられたら紹介して頂けませんか。いつでもいいですから」とお願いした。

願いが叶い、紹介を頂いた芦屋大学の比嘉悟理事長兼学長には定期的に指導をいただいている。

繰り返しになるけれども、長原さんの夢実現には手順がある。

1　夢を具体的にし、強く思い描く。
2　今、自分ができることを全力でやる。
3　できることをやると、次にやること

祖父林造さんが志した大学が建設途中で終わっている

が見えてくる。
4　自分の成長に伴って、新しくやることも出てくる。
5　それを繰り返す。

林造お祖父ちゃん　大晦日の言葉

商売で成功した林造さん。そのお祖父ちゃんが大晦日の日に話をしていた言葉を、長原さんはまだ小さかったけれども子供心で覚えているという。

「いい大晦日を過ごせて幸せだ。借金取りもこない。昔は、よく借金取りが来たもんだ。こんな幸せはない。感謝だ、感謝だ」

というのです。

やはり商売というのは、良い時だけではない。林造さんも経済的に苦労した時があったということがわかる。

長原さんは「私もお祖父ちゃんと同じなのかな」という。

それは、社会保険、税務署、労働保険などの支払いに苦しんだことがあるからだ。

終わってみれば、いい勉強になったというが、長原さんは「もう私、失敗しないですから」と経営に当っている。

宅配便と前科者の就労支援を結びつけた活動

長原さんは、目的を達成すると次の行動に移る。例えば自衛隊を辞した理由もそうだった。お祖父ちゃんが設立した高校を3年に進級して1週間で退学となり、その更生のために自衛隊に入った。約8年が経過し、ふと思った。

「自分は何のために自衛隊に入ったのか」と。

そのままいれば、幹部として出世の道を進めた。しかし長原さんは、もう更生は終わったと感じ、自衛隊を辞めた。

覚醒剤はどうか。経営を全く知らないで始めた宅配便を創業してから約13年〜14年の頃、そのシワ寄せが一氣にやってきて会社経営が行き詰ってきた。こういう時には原点に返れと教わっている。そこで「自分は、何のために宅配便を始めたのか」と考えてみた。それは「覚醒剤を断ち切るため」であった。それならば「もう宅配便は止めてもいいのでは」という思いが出てきた。

ここで長原さんは、大いに悩んだ。自分個人としては止めても何も問題はない。それが自分の生き方だからである。しかし、止めてしまっていいのかという環境ができ上がっていたからである。

頑張っている社員がいる。

好意的に、通年配送委託契約をしてくださっている多くの取引先がある。

応援してくれる人達がいる。

これらの人達によって自分は支えられてきた。これを大事にしなければと思いながら、止められないことが心にひっかかり、どうしても力が出ない自分がいた。

もう一つ、更生活動をどうするかというのが、止めるに止められない理由があった。覚醒剤を乗り越えることは、現実的な問題として難しい。それに対して自分は、覚醒剤を断ち切って「よき手本となる」ことを目指している。そしてまた、現に前科者を雇用し、更生活動にも取り組んでいる。

自分で納得はできないながらも仕事をやってきた。

その中で第1弾となる『長原さん、わたしも生まれかわります』の本ができた。

そこで長原さんは、自分のやるべきことが明確になった。

宅配便を止めるのではなくて、今までやってきたことを生かして、宅配便と前科者の就労支援を結びつけ、全国47都道府県で店舗展開をしていこうというアイディアがクリアに思い浮かんできたのである。


更生で難しいと言われる覚醒剤事犯。同じ体験を持った自分だからこそ、そういう人達のためにも更生活動を続けていかなければならない。
・依存症となってしまった薬物との付き合いは、断ち切るのはなかなか難しい。
・それは、薬物の体験が体と脳に影響しているためで、なかなか離れられない。
・いけないと分かっているのに、再び手を染めてしまう。
長原さんは、このような人の氣持ちが良く分かる。実際、そういう人と話をすると、氣持ちが良く通じ合い話がはずむ。

しかし覚醒剤を止めることを諦めてはいけない。諦めなければ更生できる。その見本となる人を一人でも多くつくっていきたい。

「人間はどんなに失敗しても、這い上がることができます。やればできるということを知れば、もう一度頑張ろうと思ってくれる人は必ずいるはずです。そのためにも頑張りたい」と張り切っている。

最後の砦・久里浜少年院で思いを精一杯語る

長原さんは、少年院、刑務所でも乞われて話をしている。どこの講演でも、自分の話が何かに役立って欲しいと本氣で、真剣に話をしているが、少年院や刑務所はまた特別だという。

というのは、自分の体験をそのまま正直に話しているうちに、過去の自分が甦ってきてその人達の氣持ちが痛いほど分かると同時に、本当に立ち直って欲しいという思いが強く出てくるからだという。

初めて矯正施設で話をしたのは地元の帯広少年院で、もう6年前になる。その後は千歳にある北海少年院 紫明女子学院、月形学園（少年院）、に行っている。

そして東京の多摩少年院に行き、令和元年（２０１９年）11月26日には最後の砦である久里浜少年院に行ってきた。ちなみに、久里浜少年院は「東の久里浜」と呼ばれ、それに対して「西の奈良」がある。その奈良少年院に令和2年2月17日、講演が決まっている。


東の久里浜では、果たしてどんな講演になるだろうか。基本は考えているが、長原さんはその場の雰囲氣で講演内容を変える。会場である体育館で待っていると、次々と院生が集まってきた。

その姿を見て長原さんは、強烈な熱を感じたという。昔の自分を見たのかもしれない。

「みんな、エネルギーがあるんです。講演の最初に思わず、『みんな、大好き』と言ってしまいました。自分の話を聞いてくれるのかと思っていたのですが、真面目に聞いてくれました。私も熱が入り、泣きながら話をしたのが数回ありました。『娑婆に出ると、頭にくることはいっぱいあるよね。自分もそうだった。この野郎と思うよね。でもね、頭にきてしまうと、やっぱりお前もダメな人間だと相手にされなくなってしまう。世の中、人に認めてもらえてなんぼなんだよね。それまでは、耐えて耐えて耐え抜く。ひたすら耐え抜く。我慢、我慢、我慢なんだよね。……お金、大事だよね。お金を得るには人に認めてもらわないといけない。何か言われたら、ニコッとして、ありがとうございます。といって、認めてもらうまで頑張る。それをやらなければお金を得ることができない。……もし娑婆に出て仕事がないというなら私に連絡ください。全国で店舗展開をしようと今頑張っているので相談に乗るよ……』なんて、話をしていたら時間をオーバーしてしまいました」

心と心が繋がってこそ信頼が生れる

長原さんが真剣に取り組む更生活動の姿勢を見ながら、高木書房から『全ては、宇宙が教えてくれた』など、数冊の本を出している株式会社縄文環境開発の木村将人社長を思い出した。

木村社長は青森県の元中学校の教師で、生活指導としていわゆる不良少年少女と真剣に接し、今でも「先生、先生」と言われて慕われていることを知っていたからである。話をする機会があったので、

「そういう生徒と付き合うために、何が一番大切ですか」と聞いてみた。

「それは、心が繋がることかなあ。それしかないなあ」と言って、一つの体験話を聞かせてくれた。

地域では、「これ以上の悪はいない」と言われた生徒が入学してきた。間もなく家庭訪問の時がきて、木村先生はその生徒の家を訪ねた。家はボロ屋、親は出稼ぎに行っていていない。いたのはおばあちゃん一人だった。「さあ、どうぞ」と言ってお茶を出してくれた。部屋はいつ掃除をしたか分からない。ちらかっている。茶碗道具もその中にあった。そのお茶を飲みながら少し世間話をして、「おばあちゃん、もう一杯」とお願いした。

その声を聞いておばあちゃんは「先生……」と言って涙を流した。

それまで何人かの先生が家庭訪問にきていたはず。そこでの話は、その生徒の悪いことを並べたてていたことが、おばあちゃんの態度ですぐに分かった。初めて理窟なしで、自分達のことを認めてもらえたという心と心が繋がった瞬間であった。当然、会話ははずんだ。

帰りにスイカをもらった。大きかったので「学校に行って皆で食べます」と言ったら、すかさずおばあちゃんは「それは木村先生に食べてもらいたいのです」と怒るように言ったという。そのことがあってから、悪と言われた生徒は変わっていった。

そこで私は木村先生に、「人の心を動かすコツを、どうすればいいのかを分かっているんですか」と聞いてみた。

「分からない。自分が思っていることを本氣でやっているだけ」という。

相手のことを真剣に考えていると、損得や駆け引きのない行動が生まれてくるという長原さんの言葉と同じである。

せっかくなので、木村先生の話をもう一つ。目に見えない氣を、みんなの前で見せるという技を持っている。

荒れた中学校で講演を頼まれた時の話。講演の最初に、この学校で一番の悪という生徒を前に呼ぶ。続いて一番弱そうな生徒に前に出て来てもらう。そして一番弱そうな生徒に利き腕を横に真っ直ぐに伸ばしてもらい、その腕を悪に曲げさせる。あっさりと肘のところで曲がってしまう。

次に木村先生が、弱い子に何やらつぶやいてから、再び悪に腕を曲げさせる。今度はビクともしない。

「自分の臍下丹田《せいかたんでん》から、自分の氣がもの凄い勢いで腕を通して宇宙の果てまで流れている。

と思うだけ」と説明するだけだという。

自分が思っていることが氣となって、大きなエネルギーとなって流れている。目に見えない氣が存在することを証明する実験ではあるが、目に見えない自分の思いが、いかに強く自分の人生に影響を与えるかということの証明でもある。

長原さんがマイナスの言葉を使わない、マイナスの発想はしない、ということに繋がっている。

お金について

生きていると、「世の中はカネしだい」と言われたり、「カネが全てか」と思う時がある。

長原さんは、これを自らの言葉として講演会でもストレートに言うことにしている。

もちろんそれは、カネだけを求める我利我利亡者になることではない。

会社経営にしても、生活をするにしても、お金はなくてはならないものである。

また前科者が社会に出てきて生活するには、絶対的にお金が必要である。そのお金をどうやって得るか、それがまず重要な問題になる。

そのためには仕事をして、人様から認められるような人間になることである。そこで頭ごなしに「人間力を上げることだ」と言っても、聞く方は「面倒くさい」と思ってしまい具体的な行動に結びつかない。

そこで長原さんは、誰もができることで、これまで自分がやってきた、「素直に、正直に、礼儀正しく、身だしなみを整えて、仕事のスキルも向上させていく」ことが大事だと言い続けている。

「もちろん本を読むことも必要になってきますが、具体的に行動することが大事です。今話をした一つ一つが全部それに融合されていって、人様に受け入れられお金を得ることができます」という。

真面目に、精一杯やって、お金を増やしていく。それはイコール、自分を成長させていくことになる。それを会社で言えば、社員がお互いに、お金が増えるように一所懸命にやって行こうということになる。

長原さんが、こういう考えになる前は、世の中で一番大切なことは両親であり、妻であり、家族であり、お金は次だと思っていた。

本を読んでいて、次の問いかけがあった。

「じゃあ、質問です。たいがいそう言うでしょう。では、あなたの大切な人が高額の医療費などが必要になった時、あなたはそのお金を払えますか。もしくは借金できますか」と。

その時に「そうだよなあ」と衝撃を受けたという。

「きれいごとは言っていられません。経営に携わっていく中ではっきり言えることは、経営はお金が命です。お金が続かないと会社は回りません。遠慮している場合じゃない。そう思うと、どうしてもストレートに『世の中お金だな』と出てしまいます。お金を多く手にして困ることはありませんからね」という。

「しかし、お金を追っかけていくのではなくて、お金は巡り巡ってくるものですから、自分が人間的に成長することによって得られ、それが今度は世の中の人のお役に立ち、喜んでもらえるようになる。そして事業主としてサービスを提供できることの価値が、大河となってみんなに巡ってくる」という感覚に辿り着いたという。

世の中から信頼される人間にならなければ、お金を得ることも、世の中や人に喜ばれることもできない。結局それは、人間を成長させていくことで可能になる、ということになるが、簡単に言えば「お金を稼ぐ」という言葉の中に、それらの意味が全て含まれていることだと思う。

もう一つ。お金は第1とか第2とかの順番をつける次元ではなく、経済社会においては全体に必要なものとして解釈すると、私の頭はスッキリする。

「私は覚醒剤で前科者です。皆さん大丈夫です」

刑務所からも講演依頼がくる長原さんに、旭川刑務所から、一年以内に出所する受刑者を対象にした会社説明会があるので、ドリームジャパンさんにもきて欲しいとの依頼がきた。急な話ではあったが都合をつけて、令和元年（２０１９年）10月25日、行って来た。

旭川刑務所には、以前、講演したことがある。

「私の話は、会社説明になっていなかったと思います」という長原さんに、数日後、旭川刑務所から電話があった。

「受刑者のアンケートを見たら、長原さんの話が一番反応ありました。就職の希望者が出ると思います」という。相当良い反応があったことになる。

「その時は、どんな話をしたのですか」

「会社の説明はしないで、私は覚醒剤で前科者です。皆さん大丈夫です。どんな年齢であれ、性別が男性であれ女性であれ、どんな過去があれ、それは関係ありません。思い立ったその時から、前向きに一所懸命に真面目にやっていけば、大丈夫です。と力を込めて言いました。それは、私が体験で得た答えだからです」

相当に、受刑者の心に伝わったことが分かる。

また、「自分も出所したら就労支援をやりたいと思っています」と質問があったので、「大丈夫です」と答え「ただし前科者は、保護司にはなれませんけど」とも答えたという。

令和元年（2019年）11月8日には、釧路刑務所で講演があった。いつものように熱を入れた話をした。すると、講演が終わった瞬間に刑務官が、

「いいか長原さんが真剣に本氣で腹をわって話してくれたんだ。お前ら分かったか!! その氣持ちを受けて、見習ってやればできるんだぞ」と受刑者に向けて言ってくれた。という。

「それは、凄い反応ですね。刑務官自身も心を動かされたのですね」

「私は、自分のことを正直に話すしかありません。世に出れば、『うるさい』ことがいっ

ぱいある。それにいちいち頭にきていたら、やって行けない。そんな時は、ニコッとして、ありがとうございます。といって、認めてもらうまで頑張る。それをやらなければお金を得ることができない。という話です。でも、これは真実ですから」

こうした刑務所での話を聞いて、受刑者にとって大事なのは、本人が、本氣で立ち直ろうとする覚悟があるかどうかにかかっていると思った。その大事な部分に長原さんの話が響いているということになる。

それは、長原さんが前科者ということもあると思う。

しかし長原さんが話すことは、前科者だけでなく全ての人に通じる言葉だと思う。なぜなら、人間には失敗がつきものだからである。

今、自分は何かに失敗して落ち込んでいないだろうか。

困難にぶつかって、やる氣を失っていないだろうか。

なにはともあれ、真面目に真剣にコツコツと前を向いて、自分が今できることをやる。

これが長原さん流の立ち直り法である。

そこに必要なのが、夢、目標、こうなりたいという自分の将来像である。

実は、長原さんが覚醒剤で狂っている時に支えてくれた前の奥さんとの間に3人の男の子供がいる。そのうちの次男・優和《ゆうと》君と三男・勝和《しょうと》君が、釧路刑務所での話を一緒に聞いてくれていた。

というのは、長原さんの夢である、全国に店舗展開をして就労支援の輪を広げて行く計画を子供達に話をしたら、子供達が一緒にやりたいと言ってくれた。

それで、まず仕事を覚えるということで、優和君と勝和君が沼津から帯広に引っ越してきた。なんとも強い味方が長原さんに現れた。長男の恵和《けいと》君は、現在の仕事の調整がつく半年後には参加することになっている。

可愛い子供達

「お好み焼きをディナーに」を掲げて、広く店舗展開をして全国に名が知れている、大阪に本社を置く千房株式会社の中井政嗣会長を取材したのは令和元（２０１９）年10月16日であった（その内容は第6章に掲載）。その翌日の17日、静岡の沼津に住む長原さんの子供達に会いに行った。

それには若干の説明がいる。

今まで述べてきたように、長原さんは覚醒剤を断ち切るために帯広に戻り、一回目は失敗に終わったが、再び帯広に戻り今度こそ失敗は許されないとして、配送業務の仕事を始めた。

当初は、商売をしてお金を儲けようとか、立派な経営者になろうとか、会社を大きくしようとか、そんな思いは全くない。ただただ覚醒剤を断ち切りたかっただけである。

そのために全てを仕事に打ち込んだ。仕事は順調で、車を増やし、社員も増えていった。

覚醒剤を断ち切るとの決意で静岡から帯広に向かう途中で一休み。1999 年 9 月 22 日

わずかな時間でも余裕ができると、また誘惑に負けてしまうかもしれない。その不安を抱く時間がないように、また頑張る。

仕事を始めて3年。今度は仕事が面白くなってきた。仕事があることに感謝は忘れたことはないが、そこに面白さが加わった。仕事にかけてみようという思いが出てきた。家庭を顧みる余裕はなく結局、離婚、子供達は奥さんと一緒に帯広を離れ、静岡の清水町に帰ることになった。

別れの日、奥さんが3人の子供を乗せてフェリーが出る港に向かった。それを見送った長原さんは、たまたま仕事で途中まで同じ方向だったので、奥さんの車の後ろについて走った。3人の子供が後ろを向いて一所懸命に手を振っている。

「もう、泣けて、泣けて、仕方ありませんでした」

その子供達が成長し、沼津で暮らしている（その後、次男、三男は帯広に引越した。長男はまだ沼津にいる）。長男の恵和《けいと》君は平成6（1994）年12月の生まれの25歳（令和元年末現在、以下同じ）。次男の優和《ゆうと》君は平成8（1996）年12月の生まれの23歳、三男の勝和《しょうと》君は平成10（1998）年6月の生まれの21歳である。

長男　恵和君

次男　優和君

三男　勝和君

素直に育っていた子供達

その子供達が、長原さんの更生活動を一緒にやることになった。もとはと言えば、離れ離れになったのは父親の都合である。それなのに何で一緒に仕事をしようという氣持ちになるのか。

それを知るには、会って直接話を聞くしかない。

実は私、３人の子供達には、２年前に会っている。

長原さんが強度な覚醒剤中毒に陥った静岡の清水町で、トクラ産業の原 衛会長が開催してくれた講演会の会場に元奥さんとお母さん、そして子供達が来ていた。

私は、「えっ、お父さんは覚醒剤中毒だったのに、こんなに素直そうな子供達が育つのか」と正直、驚いた。これは私の勝手な思い込みであった。子供達には、覚醒剤のことは関係ない。子供達にとっては、父親としてどうであったかということである。

では子供達は、当時お父さんをどう見ていたのか。

話を聞く場所は沼津の駅前ということだったので、宿泊していた三島のホテルから沼津に行くために三島駅に向かった。その途中、長原さんがつぶやいた。

「この辺りに消費者金融の店がいっぱいありました。全部から借りていましたね」と懐かし氣に笑っていた。

そこには、もう消費者金融の看板は見当たらなかったが、借入の目的は全て覚醒剤に使っていたという。覚醒剤を始めるとなかなか止められないというが、長原さんもそれを繰り返していたのだ。それを今は断ち切って、前科者の就労支援を行うまでになっている。

当時と現在を比べれば、長原さんの人生は、天地の差がある。「良かったね、長原さん」という氣持ちである。

覚醒剤は止めてもその影響は残っていた

長原さんは26歳で結婚、長男が生まれる。覚醒剤に嵌《はま》り込んだのは、28歳から30歳の初め頃までで、子供の年齢によって、父親への印象は違う。

やはり長男の恵和君は、暴れている長原さんを直接見て覚えている。覚醒剤が切れてくると、ちょっとしたことで腹を立ってる父親。灰皿や食器など目の前にあるものを投げつける父親。だから部屋の壁がボコボコになっていたという。

——このおかしな行動は、覚醒剤をやってしまった者の症状として現れるようである。だから覚醒剤はやってはいけない、と受け止めて欲しい。

そんな父親に対する子供達の印象は、長男、次男に共通しているのは、父親は怖い人であった。怖いとは、どういうことなのか。

父親が暴れだすと、物を投げる、ちゃぶ台をひっくり返す、壁をぶち壊す、奥さんに暴力を振るう、怒鳴りちらす。氣に入らないことがあると、すぐにかっとくる。

という話を聞きながら、暴れたり、すぐにかっとするというのは。長原さんのもともとの性格なのか、覚醒剤のせいなのか、それを確かめたくなった。というのは、覚醒剤をやめてからも、その状態が続いていたと聞いたからである。

長原さんに聞くと、覚醒剤を多量に使うと、そうした症状が激しくなるという。打った後に異常に興奮したり、薬が切れてくると異常に落胆したり、ちょっとしたことでかっとするという。それを身体が覚えていて、自分の氣にいらないことがあると、すぐに怒鳴ったり、物を投げたりするというのである。

そうした覚醒剤による惰性《だせい》があることと、仕事に集中するあまり、他のことなどに関わりたくないので、自分にとって余計なことを言われてしまうと、すぐにかっとしたり怒鳴ったりしてしまったという。

そういうことが、家庭でもあったということになる。子供達が恐怖を持つのは当然だったと言える。

今は、そういうことはないが、覚醒剤は、やはり恐ろしい。

今なら間違いなくDV（ドメスティック・バイオレンス）

恐怖を持ったのは子供達だけではない。むしろ奥さんの方が大変だったと思う。今の時代なら長原さんは、間違いなくDV（ドメスティック・バイオレンス、夫婦関係の間で起こる家庭内暴力）で逮捕されていると思う。

長原さんの暴力に耐えかねた奥さんは、11月といえば北海道はもう寒い時のこと、スリッパのまま警察署に駆け込み、助けを求めたという。そういうことがわかっても、長原さんのＤＶは止まらなかった。

北海道の家庭には、冬、ストーブの上に置く大きなやかんがある。ある時、奥さんの言葉に怒りを持った長原さんは、やかんを持って奥さんの頭からかけ始めた。動こうものなら、さらに怒りが増す。奥さんは黙って耐えるしかなかった。

父親（長原さん）が怒り始めると子供達は、洋服タンスに隠れたという。まだ小さかったので、洋服タンスに入れたというのである。

長原さんの怒鳴り声や、かっとしてものを投げる姿を覚えている長男の恵和君は、今でも大人の怒り声を聞くと恐怖が甦るという。いわゆるトラウマ（精神的外傷）である。これがインナーチャイルド（幼い頃に形成された思いが自分の性格のようになって、大人になってからも影響し続ける）となって、なかなか消えないばかりでなく、大人になっても影響は残るという。

幸い長原さんの子供達は、そこまではいっていないようである。長原さんが、昔のような症状を起こさなければ、もう安心である。

「お父さんは、本当は優しい人なんだけどね」

ある時は、長原さんが怒り出したので、奥さんが長男の恵和君をおぶって逃げだしたことがある。その時お母さんが、背にいる恵和君に、「お父さんは、本当は優しい人なんだけどね」と言っていたという。何度も暴力を振るわれたり怒られたりしても、奥さんは長原さんの悪口を子供達に言わなかったようである。

悪い例としてよく聞く話は、お母さんがお父さんの悪口を子供達に言ってしまうことである。子供にとってお父さん、お母さんは、自分の命を守ってくれる大事な存在。お父さん、お母さんに愛されたという氣持ちと、大好きという氣持ちがあると聞く。

その大好きなお父さん、もしくはお母さんの悪口を聞くと、子供達は悲しくなってしまう。それが積み重なれば、不満や怒り、暴力となって現れることになるという。

やはり子供達にとって、お母さんやお父さんは心の拠り所、それなのに悪口を言われてしまっては、子供の心はしぼんでしまう。

奥さんは、長原さんには優しいところがあると子供に言って聞かせたということは、長原さんのことを何もかも悪い人ではなくて、良い面も見ていたことになる。

優しいといえば、三男の勝和君は、父親から可愛いがられた印象しか残っていないようである。そのことについては長原さんも、「勝和は可愛いかった」と、可愛いかったことしか覚えていないようである。

長原さんにとって最高に幸いだったのは、3人の子供達には手を出さなかったことである。もちろんこれは、子供達にとっても、幸いだった。

父親を理解して一緒に仕事をすることになった子供達

楽しい思い出もある。夕張石炭歴史村に家族で遊びに行ったことがあるという。現在、「夕張市石炭博物館」のある場所であるが、当時は夕張石炭歴史村として大観覧車やジェットコースターなどがあり、遊園地やロボット大科学館なども併設されていたという。

3人の子供と長原さんは、一氣にその当時に戻った。

「あれは楽しかったね」「本当に楽しかった」「そんなこともあったね」等々、話をする親子の姿は、何とも嬉しそうであった。

　これが本来あるべき親子関係なのだと思う。

「それで、現在のお父さんをどう思う」と子供達に聞いてみた。

　頑張っている父親を尊敬し、凄いと思っているという。

　覚醒剤で家庭を崩壊させてしまったけれども、その子供達は、今、父親を支えようとしている。これもまた、長原さんがここまで自分の人生を立ち直らせているからである。

　長原さんの信念でもあるが、犯した罪は消えないし、その時の人生を取り戻すこともできない。だからこそ、今を真剣に生きて、人様から認めてもらえる人間になるしかない。その長原さんの姿を、子供達が認めてくれたことになる。

「あれは楽しかったね」と語り合った夕張石炭歴史村

だからこそ、絶対に後戻りをしてはいけない。

後戻りをしてしまえば、今までお世話になってきた人を裏切るばかりではなく、子供達からも得た信頼を失ってしまう。その抑止となる子供達の存在は、長原さんにとって、本当に大きい。

長原さんは、「やると決めたらやる」。それは夢を持ち続け、夢実現に向って前進するしかない、からである。前進を続ける限り後戻りはない。

「もし今、自分に自信をなくしている人がいたとしたら、おそらく次の一歩が出ないのだと思う」と長原さんはいう。

何度挫折してもいい。大事なのは、それに心を向けないこと。長原さんのように、目指す自分の姿を思い描き、今できることを真剣に考えて行動に移す。

真剣に考えれば、必ずやることは見つかる、と長原さんはいう。

もう一つ、長原さんは、耐えて耐えて、耐え抜いて生きることを強く訴えている。

その先に明るい未来があると信じているし、現にそれを自分で体験している。

そして、子供達３人が長原さんの夢実現に加わった。
長原さんの活躍が、一段と楽しみである。

第4章『長原さん、わたしも生まれ変わります』

出会いは一つの思いから始まった

『長原さん、わたしも生まれ変わります』（斎藤信二著）とは本のタイトルで、長原さん第1弾の書籍である。副題は「実体験でつかんだ迷路からの脱却」となっている。苦しみや迷いの中にいる人が、長原さんの体験を知って、「わたしも生まれ変わります」という人が出てくるに違いないとの思いを込めて付けさせてもらった。

事実私が、長原さんの生き方に大いに刺激されたからである。

第1弾の本を作ることになったのは、平成29（2019）年2月8日、偶然に訪れた。今から考えてみると、偶然というのは、必然だからこそ、その出会いがあるように思える。前にも述べてきたように、長原さんには、お祖父ちゃんが志した白樺学園大学の建設という夢がある。そのことでご指導をいただくために長原さんは、2月7日、芦屋大学（兵庫県芦屋市）を訪れ、比嘉悟理事長兼学長にお会いした。

その翌日となる2月8日、私は友人と2人で大阪城を見渡せるビルに本社を置く、株式会社ベストバイを訪ねて福嶋進社長と会っていた。

そこに「致知出版社の板東様から、ぜひ私・長原に紹介したい人がいるので、芦屋大学まで行くならぜひ会った方がいいと勧められ、福嶋社長に会いにきました」と言って長原さんが現れた。

挨拶もそこそこ、自分の体験を話し始めた。強度な覚醒剤中毒だった自分が、復帰をかけて1枚2円のポスティングから始まり、今は軽貨物による配送会社の社長となり、少年院でも話をしている……など、など。

真面目そうな好青年が〝何で覚醒剤を〟と信じられなかったが、わずか10分程度の話で私は、すっかり魅せられてしまった。〝本にしたい〟、そう伝えると長原さんも快諾した。ちょうど私は、平成29年6月10日に開催を予定していた高木書房創立50周年記念パーティに、記念講演としてどなたかにお願いしたいと考えていた。タイミングよく長原さんが現われたので、お願いして講演をしてもらった。

本当は、それまでに本を完成させたかったが、その1か月後にでき上がった。

長原さんにとってこの本は、特別な思いがある。本を作っていただいてから、世界が変わりました」というふうに、夢実現の大きな後押しになっているのだという。目に見えてはっきり分かるのが、講演回数の増加である。

「講演では、素直に、正直に、真剣に、生きることの有り難さを語り、誰だって生まれ変わることができますと、私自身の体験を隠さず披露します」という長原さん。講演を聞き終わった人から「うちでも、ぜひお願いしたい」という依頼がくるようになったという。

それは、一つの出会いがまた次の出会いを生み、点が線に、線が面に繋がっているような動きになっている。どんな出会いがあったのか、幾つかを紹介したい。

宮崎中央新聞〝魂の編集長〟水谷謹人氏

平成29（2019）年7月2日、音更町で宮崎中央新聞の〝魂の編集長〟で知られる水谷謹人《もりひと》編集長の講演会があった。長原さんが真面目に通っている帯広市倫理法人会の人が勧めてくれたこともあり参加した。終わってから「高木書房の斎藤社長から、素晴らしい新聞があると聞いていています」と挨拶をしたところ、青森の木村将人社長のことも良く知っているという。

すると水谷編集長から「長原さん、今晩空いてる」とのお誘いがあった。願ってもないことだったので長原さんは、「はい」と答え、一旦会社に帰った。すると本当にタイミング良く前書である『長原さん、わたしも生まれ変わります』が届いていた。

それを持って夕食を共にし、水谷編集長の問いかけに長原さんは、自分の体験や夢を語った。なんとそれを水谷編集長は『みやざき中央新聞』（通称、みやちゅう新聞）の社説に書いてくれたのである。

それだけではない。翌年の4月10日～11日、宮崎市倫理法人会でナイト・セミナー（以下、NS）とモーニング・セミナー（以下、MS）、延岡のMSに呼んでくれたのだ。初めて訪ねた宮崎、宮崎と言えばプロ野球のキャンプ地があるところ。野球好きの長原さんにとって、それを思うだけでも興奮したという。

4月10日は長原さんの記念すべき50歳節目の誕生日、その祝いもしてもらったり、名所にも案内してもらったり、平成31年2月には宮崎県の日向市と高鍋のMSにも呼んでいただいている。

「水谷編集長は、自分とはかけ離れた凄い能力を持たれている方で、本当に凄い人だと思います。その方が私を迎えて下さったのです。本当に感謝、感謝です。本当にお世話にな

昭和30年3月29日 第3種郵便物認可

宮崎発夢未来～感動の共感を世界中に

みやざき中央新聞

〒880-0911 宮崎県宮崎市田吉6207-3 info@miya-chu.jp Tel(0985)53-2600 Fax(0985)53-5800
毎週月曜日(第5月曜日は除く)、月4回発行/1か月1,080円(税・送料込)

7月10日(月)
2017年(平成29年)
2702号

社説 オピニオンエッセイ

生きながら生まれ変わった男の物語

魂の編集長 水谷 謹人《ちりひと》

イチロー選手や長嶋茂雄さんの少年時代に、親が「野球ばかりやっていると勉強が疎かになる」と言って野球をやめさせていたら、2人の人生はどうなっていただろう。そんなことをふと考えた。

多感な少年時代に夢中になれるものと出合えた子は幸せだ。「好きで好きで堪らない」気持ちは心と体が喜んでいる証拠である。もしそれを誰かが取り上げてしまったとしたら、空っぽになった心と、暇をもてあます肉体はとんでもないもので満たされようとするのではないか。

先週、北海道の帯広市にある配送会社の社長、長原和宣《かずのぶ》さん(49)と会った。

子どもの頃、長原さんは野球が大好きで、強豪チームのレギュラーだった。勉強もよくできた。算盤《そろばん》、書道、エレクトーン、水泳など、習い事も難なくこなすエネルギッシュな少年だった。祖父は地元の白樺学園高校の創設者だ。

そんな彼に転機が訪れた。中学進学にあたって野球をやめるよう親に言われたのだ。親は絶対的な存在だった。他の習い事と一緒に大好きだった野球もやめた。ただ、親に対して怒りや恨みはなかった。まだほんの子どもだったのだ。

中学生になると、それまで野球や習い事をしていた時間がぽっかり空いた。親はその時間を勉強に、と考え、彼を学習塾に入れた。しかし、もう思春期に突入していた。塾には行かず、ゲーム機のある喫茶店に出入りするようになった。ゲームをするために家のお金をくすねた。すぐにゲーム仲間もでき、気が付くと不良予備軍の中にいた。

夏休みには万引きを覚えた。二学期になるとダボダボのズボン「ボンタン」をはき、髪型をリーゼントにした。中学2年生になると校内暴力の先頭に立った。

長原さんの話によると、不良の世界には常に強い奴がいて、いつやられるか分からないという恐怖心があるそうだ。その恐怖心から逃れるために強い奴らと仲間になる。そうやって悪は悪に引き寄せられ、徒党を組む。やがて高校生になり、彼は任侠《にんきょう》の世界に足を踏み入れた。

高校を辞めようと思ったが、組長から「これからのヤクザは学歴と能力が必要だ」と言われ、正組員のまま通学した。

その後、いろいろあって高校を退学。親のサポートもあり、何とか任侠の世界から足を洗い、上京して自衛隊に入隊。静岡県内の駐屯地に配属になった。

縦組織が厳しい自衛隊だが、ヤクザ時代にそれを経験していたので違和感なく頑張れた。長原さんの階級は徐々に上がり、指導的立場になっていった。

しかし、更生するために入った自衛隊だったので8年で退職。宅配の仕事をしながら一番やりたかった野球チームをつくった。結婚もし、子どもも授かった。

しかし運命は時に残酷なものである。野球仲間に覚せい剤の常習犯がいた。その男にそそのかされ、再び彼の人生は転落していく。この覚せい剤の地獄から抜け出す時が彼の人生最大の山場となる。それを綴った斎藤信二著『長原さん、わたしも生まれ変わります』(高木書房)という本が、長原さんと出会った日に出来上がり届けられたのは奇遇だった。

彼は今、校長先生の研修会や少年院などで講演している。話のポイントの一つは「決断」だ。どんなことがあっても更生するという決断。それは「過去を断つ強い決意」。二つ目は「感謝」。逮捕され社会的制裁を受けた後、何十社受けても採用されなかった。やっともらえた仕事が1枚2円のポスティング。5軒で10円、50軒で100円。それでも働けることが嬉しくて嬉しくて堪らなかった。三つ目は「我慢」。仕事中にどんなに馬鹿にされ、中傷されても我慢した。

社会復帰して19年。今三つの会社を経営する長原さんには夢がある。一つは祖父が途中で断念した大学建設。もう一つは罪を犯した人の更生を支援すること。

「過去は変えられないが未来は変えられる」、彼は身をもって訴えている。

みやざき中央新聞 2017年(平成27年) 7月10日 2702号

りました。有り難いと言うしかありません」という長原さん。いろんな人との出会いもさせてもらった。

また『みやちゅう新聞』を読んだ方より、講師依頼もあった。なんとも有り難い話である。『みやちゅう新聞』は毎週（月4回）届くが、読むのが本当に楽しみな新聞である。

ちなみに、購読料は1か月1000円＋税（送料込み）。令和2年1月から「みやざき中央新聞」は、心揺るがす「日本講演新聞」となっている。

帯広市倫理法人会設立15周年記念式典

同年7月25日、地元である帯広市倫理法人会設立15周年記念式典があった。長原さんの本ができたということで、道内の倫理法人会に、「帯広にこういう人がいる」という知らせをしていただいた。それがきっかけとなり、道内の倫理法人会に講師として招かれていく。

その一つ、同年9月21日、札幌市のMSに招かれた。その当時、道内の倫理法人会の会長は北海道では超有名な料理研究家である星澤幸子先生だった。お名前をお聞きしお会いできると思うだけで興奮するのに、当日の講演前に「長原さん、私と誕生日が一緒だね」と声をかけられ、もう緊張でした」と長原さん。

同年9月26日には、マリアージュインベルコ千歳に招かれた。その縁ができたのは、高木書房創立50周年記念だった。今野良紀支社長より、毎月の社員教育「心の勉強会」で話をして欲しいという依頼だった。「今野支社長が本当に社員教育に力を入れられ、社員さんに対する温かい心を感じました。また全員が一丸となって業務に取り組んでおられることがよくわかりました。私も勉強になったんですが、祭壇を背にしての講演は初めてだったので、何か不思議な感覚でした」

同じ高木書房50周年が縁となって招かれたのが同年11月11日、熊本県の「あきた病院」だった。長原さんは言う。

「病院でお世話になった自分が、病院の先生、スタッフさんの前で話ができるなんて、本当に貴重な経験をさせてもらいました。佐渡公一《さわたり》理事長がスタッフさんに本当に信頼されておられる。そうした大先輩のお姿に接し大変勉強になりました」

講演のための講演で終わりたくない

講演の依頼を受けながら長原さんは「こういう展開になっているのが、自分でも考えられないんです」。謙虚というか、「どうして?」と聞いてみると、「本当に私でいいのでしょうか」という氣持ちがあるのだという。

だから長原さんは、1回、1回の講演を大切にしている。「私を講師に呼んで下さったというのは、私に伝えて欲しい何かがあるはずです。そのことを直接お聞きすることもありますが、講演を通じて私がお役に立てることは何か。何を発信することで生きた内容の講演会になるかを、常に心掛けているんです」という。わかり易く言えば、「聞いて為になった」と言ってもらえる「生きた講演」を肝に銘じている。

それは、長原さんの信念というか、生き方からきている。読書のところでも触れたと同じく、「講演をして終わり、というような講演にはしたくない」。また、「こういうことを伝えて欲しい」という依頼者の先には、「こうなって欲しい」という期待もあるはず。それに応えるには、聞いている人の心を動かし、それが行動に結びつくようでなければ、生きた講演にはならない。だから長原さんは、常に何を話すかを真剣に考えてから講演に臨む。だから講演では自然に熱が入る。それがまた長原さんにとっては、有り難く嬉しいことだという。

しかしそれは、「まだまだ進化の途中で、もっと極めていきます」と前を向く長原さん。何事も「やればいい」というような中途半端では終わらない。これって素晴らしい。

覚醒剤中毒に陥った清水町での講演会

同年9月12日、静岡の清水町で、トクラ産業の創業者である原衛会長が講演会を開催してくれた。１２０人を超える人が集まっていた。長原さんにとっての清水町は、自衛隊を辞め、結婚し、一般人として新たなスタートを切った第2の故郷である。と同時に強度な覚醒剤中毒に陥《おちい》った場所でもある。

講演会場には、元上司の方やお世話になりながらさんざん迷惑をかけてきた取引先の方々、そして前述した元奥さんとそのお母さん、そして3人の子供達も来ていた。その前で覚醒剤中毒だった自分が講師として話をする。

長原さんとしては、そんな自分が皆さんの前で話をしてもいいのか。「個人的には、いつもと同じように話をする心境には、とてもなりませんでした。だからまずは謝るしかなかったんです」

長原さんは「ごめんなさい……」と謝ってから話を始めた。長原さんを知らない人には何で謝ったのかがわからない。しかし、話が進むうちにそれが何であるかが理解され、中には涙する人もいた。長原さんは、包み隠さず、素直に、正直に、そして真剣に話をしたのだ。

長原さんの過去の罪は決して消すことはできない。しかしその間違いに氣づいた者として、何もしなくていいのか。今、生かされているからには、過去を反省し前を向いて生きるしかない。だからこそ、ただただひたすらに前向きに生きている。

清水町での講演は、その思いをさらに強くした。そう生きることがまた、清水町への恩返しにもつながると長原さんは思った。

ちなみに、当日売上げた書籍代金の一部を、後日、原会長のお世話で清水町に寄付することができた。

過去はどうあれ、人は生まれ変わることで人様に喜んでいただける。そんな思いを強くした清水町での講演であった。

小樽潮陵高校で薬物乱用防止講演

同年9月には札幌市、札幌中央、札幌豊平倫理法人会のMSに招かれた。その中で、『みやちゅう新聞』の読者でもある小樽潮陵高校教諭の加藤将司先生より「薬物乱用防止の講演を学校でお願いしたい」との依頼を受けた。

長原さんにとって、若い人達に薬物の恐ろしさを伝えることは常に願っていることなので、喜んで引き受けた。都合よく10月14日に小樽市MSが予定に入っていたので、その前日の13日に講演することで日程が決まった。

その時は、小樽潮陵高校がどういう高校なのか知らなかった。その後、新聞を見ていてたまたま学習塾の広告を目にした。「当塾から小樽潮陵高校○名合格。帯広柏葉高校○名合格」とあった。

「あれ、柏葉と言えば帯広では1番の進学校である。ということは小樽潮陵高校も進学校なんだ」ということが分かった長原さん。「勉強も満足にしてこなかった自分が、その学校で話をする。そう思っただけで、凄く緊張しました。でも自分を飾っては伝わらないので、覚醒剤の恐ろしさを話させてもらいました」

講演を終えてから長原さんは、何で自分が小樽潮陵高校に呼ばれたかがわかったという。

「加藤先生は『みやちゅう新聞』の読者であることも一つですが、人間学を学んでおられるんですね。だから生徒指導に、とても熱心で一所懸命なんです。生徒には立派に成長して欲しいという強い願いを持って日々接しておられる。その先生の思いがあって私を呼んでくださったと思うのです」

こうした貴重なご縁をいただいている長原さん、小樽潮陵高校には、翌年の平成30年11月14日にも講師として呼んでいただいている。

かずさ萬燈会、渡辺元貴理事長とご縁再び

同年12月6日には、千葉県の木更津木鶏クラブと木更津市倫理法人会NSの合同勉強会、翌日にはMSに招かれた。そのご縁を作ってくれたのが、かずさ萬燈会の渡邉元貴理事長である。

数年前、札幌で致知出版社主催の社内木鶏全国大会が開催された際に、長原さんは渡邉理事長からの依頼を受けて、全国大会に参加していたかずさ萬燈会の社員の前で話をしている。

「そんな有り難い縁を作ってくださった渡邉理事長に、前書である『長原さん、わたしも生まれ変わります』の本ができた案内を送りました。すると出版社に200冊の注文が入ったと聞いて、お礼と思ってすぐに電話しました。社員さんに配るというんですね。大量の注文も嬉しかったんですが、社員さんに読んでもらえるということが、何より嬉しかったですね」

NSの当日、渡邉理事長は長原さんの控室に〝元ヤクザ、覚醒剤、今は出所して更生を目指している〟という人を連れてきた。「えっ、渡邉理事長、保護司なんだ」と、長原さんは初めてそのことを知っただけではなく、渡邉理事長の保護司としての熱意と誠意、心遣いを感じた。

それに応えるべく長原さんは、講演の最初に「私も、元ヤクザで、覚醒剤で逮捕された人間です。しかし、こうして更生しています」ということを話した上で、その人が自立していけるようにとの思いを込めて話をした。

ただ私の目の前でその人が聞いているので、いつもやっている「ヤクザから離れる時に小指を摘《つ》められた人もいますが、私は父親と恵まれた兄貴分のお陰で摘めずに堅氣になることができました。『その証拠に』ということで、皆さんに両手を皆さんに見せるのですが、この時はさすがにできませんでした」

というのは、その人は指を摘めていたのだ。

後に長原さんは渡邉理事長から、その人が「長原さんの話を聞いて、自分も本を作りたいと言っていた」という話を聞いた。「そういう思いが出てきたというのは、少しでも自分の話が役立ったんだと思って嬉しかったです」

それは、自分が立ち直ることによって、今度は他の人の立ち直りの支援ができ、社会への恩返しができることになる。そういう輪を広げていきたいというのが長原さんの願いである。

渡邉理事長と再会した長原さんは、会社の規模、業種も違うけれども、渡邉理事長の人間学を学び続け、それを向上させ社員教育にも熱心に取り組み、合わせて更生活動にも頑張っておられる姿に感動し、本当に素晴らしい出会いをさせていただいたと感謝している。

縁が深い静岡に少しでも恩返しがしたい

その翌日、12月8日は静岡の裾野市ＭＳだった。このご縁は清水町での講演である。そこで話を聞いてくださった運送会社の株式会社七栄の代表取締役、伊倉昭次社長さんが、「ぜひ裾野でも講演をお願いしたい」と声をかけてくれたのである。

来て下さったのは地元の運送会社の関係者が多く、当時長原さんが、毎日、何回も目にしていたトラックの会社の方々だった。

「知名度の高い凄い運送屋さんの社長さんばかりの中に、今、一緒にいる。そのことが本当に嬉しく感激でした。なので、自分は今、凄い所にいるなあって思うばかりでした。お陰様で、私は夢を見させてもらっています」

裾野市は長原さんが陸上自衛隊でお世話になった御殿場の隣町、思い出のあるゆかりの地だったので、それもまたとっても嬉しかったという。

そこで　長原さんの夢の一つである前科者の就労支援の話がでた。運送会社にとってドライバー不足は全国的な傾向で、裾野も例外ではない。経営を維持していくために、減車、規模縮小を余儀なくされているというのだ。

それで、裾野市の方でも就労支援活動をやって、人を確保して欲しいという。それは長原さんの夢の一つでもある。

「静岡というのは自分の中に特別感があるので、そういう活動を通じて、私自身もご恩返しができます」

現在はその就労支援の店舗展開が具体化し、スタートを切っている。

その後も静岡県においては、平成30年3月27日には沼津市MS、5月11日には「自分は場違いかなと思った」という沼津法人会清水支部、5月30日には伊豆中央NS、翌日の31日には伊豆中央MS、6月20日には三島市MS、6月22日には浜松市中央MS、8月3日には静岡県清水MS、平成31年3月22日には浜松市中央MSなどに呼ばれている。

伊豆長岡と言えば、長原さんが覚醒剤で腕が動かなくなった時に通っていた、順天堂大学病院がある思い出の場所でもある。

人が変わるって凄い　立ち直りの良き見本となる

長原さんの講演先は、さまざまである。平成30年10月6日には、子供達の教育に関係する利尻礼文地区ＰＴＡ連合会研究大会に招かれた。同じ北海道で暮らしていても、なかなか利尻島には行く機会がない。そこにご縁ができて、初めて利尻島を訪れることができた。しかも観光案内もしていただき、嬉しく楽しい思いをさせてもらった。

「講演では、子供達のことも考えながら話をさせてもらいました。中に涙してくださった方が結構おられ、自分の話が伝わっていることを感じ、嬉しくなりました。その時の様子が今も印象深く残っています。後でアンケートが送られてきたのですが、『うちの子供にも全部聞かせたかった』という感想を読み、本当に行って良かったと思いました」

将来を担う子供達を育てていくことは大人の大事な役割である。その関係でも長原さんの講演は役立っていると思うと、私も嬉しくなった。

それにしても、人が変わるというのは凄いことなんだと思う。さんざん学校に迷惑をかけ、今度は社会人になって覚醒剤に陥った人が、生まれ変わって講師をしている。

「人は、必ず生まれ変わることができる」
もし今、人生に迷っている人が周りにいたら、ぜひこの長原さんの生き方を伝えて欲しい。自分の人生を無駄なく生きるために……。

刑務所での講演は、やはり言葉を選ぶ

同年10月17日には、札幌市清田区保護司会で講演を行っている。「こういう場所でお話をさせていただくのは、名誉なことだと思っています。ここでも結構、涙される人がおられ、嬉しかったです」と語る長原さん。

同年2月6日には、帯広地区保護司会でも話をしているが、帯広以外での保護司会での講演は、長原さんが立ち直ったという公の勲章ではないだろうか。

さらに同年10月30日には、刑務所では初めてとなる、帯広刑務所で講演を行っている。そこは「3回目、4回目の累犯者が集る刑務所」なので、少年院とは同じように話はできない。言葉を選びながら、また考えながら話をするという。

例えば現役のヤクザの方もいる。それ自体は長原さんも経験があるので否定はしない。

しかし今は時代が変わり、ヤクザに対する規制が相当厳しくなっている。特に現役であればよく分かっているはずである。

その前提で長原さんは、「ヤクザを否定はしませんが、一つの選択肢として今回を考え直すチャンスにしてはどうでしょうか」と投げかけるという。

そうしたことを言ってくれる長原さんは、おそらく刑務所にとっても大事な存在と思う。そういうことが関係しているのか、帯広刑務所の運動会に、2年連続で招かれたという。

「刑務所で運動会があるんですか」

「おそらく、運動会が年間行事に組み込まれているからだと思います。競う人達も応援する側も、お客さんも一緒になって応援する。普段、走るなどの運動はしていないので転んだりします。とにかく真面目に一所懸命なんですね。だから盛り上がるんです。見ていて本当に楽しいんです」

運動会の話を聞いて私は、長原さんが言うように、犯した罪は消えないけれども、生き方を考え直すことで、娑婆で活躍することができる。そのことを伝える使命が、長原さんにあると思った。

新聞広告が更生保護の経験豊かな経験を持つ人に繋がった

同年11月6日には、千葉県薬物乱用防止協議会で講演を行っている。依頼の文章は千葉県の副知事となっていた。「副知事からなんだ。これは凄い」と思った長原さん。当日の会場であった小ホールはほぼ満席で100人を超えていた。

「このきっかけをつくってくださったのが、千葉の井内清満さんです。前書ができてから出してもらった新聞広告を見てすぐに、『一度お会いしたい』とメールをくださったんです。井内さんのホームページを見たら更生保護で凄い実績を持っておられる。こういう人とご縁ができると思ったら嬉しかったです。

その後、お会いしたのですが、一緒に県庁の中を歩いていたら、すれ違う人の何人かが井内さんに頭を下げるんです。それを見て、長年地元で活躍されていることを感じましたね」

井内さんは更生活動の中で、支援組織として勇懇塾を立ち上げている。そこにサッカー部があることを知った長原さんは、「なんでサッカー部なんですか」と聞いてみた。

「少年院から、サッカーのU18元日本代表だった子が出てきたので、その子に何をやりたいと聞いてみたんだ。すると『サッカーをやりたい』というので、ボールを2個買ってきてやったんだ」

夢中になることをやらせる。この点でも井内さんは凄い人だと思った。

それでサッカー部ができて、時には練習試合で警視庁チームと対戦する。当然、勝負なので勝ち敗けがつく。警視庁チームは敗けると、「終わってから反省会をしているんだ。面白いだろう」と井内さん。

これは井内さんの更生保護活動のほんの一端に過ぎないが、井内さんの活動に賛同して協力してくれる企業や人が集まっているという。

長原さんにとって、実績を積み重ねてきた井内さんから聞く話は、貴重な学びになっており、「勉強になっています」と感謝している。

明楽みゆきさんのチェンバロと初共演

音楽と講演の共演で同年12月6日、札幌市にある渡辺淳一文学館で「生きる感謝を音楽と共に　札幌」が開催された。札幌厚別倫理法人会で講演をした際、札幌市倫理法人会の明楽みゆきさんから思わぬ声をかけられた。「チェンバロの演奏と、長原さんの講演を一緒にしませんか」というのである。

「えっ、私とやっていただけるんですか」という嬉しい氣持ちと、本当に自分でいいのかという申し訳のない氣持ちになったが、有り難い話だったので、ぜひということで開催が決まった。

しかし開催まであと1週間という平成30（2018）年9月6日に、ブラックアウトで停電が長期化した北海道胆振《いぶり》東部《とうぶ》地震が発生してしまった。それで開催が延び、12月の開催になった。

実は長原さん、音楽で救われている。講演の時に自己紹介を兼ねたDVDを流す。その最後に岡村孝子作詞作曲の「夢をあきらめないで」が流れてくる。また自らの歌で多くの人に感動と勇氣を与えたいという夢も持っている。

当日、素敵なチェンバロ、長原さんの講演、最後にバイオリンの演奏で「夢をあきらめないで」を歌う場面があった。この歌と長原さんが一緒になっている私は、またまた人が変わることの素晴らしさを感じ、歌いながら感動した。

チェンバロの音はラジオで聞いたことがあるが今回初めて聞いた。札幌まで行って良かったという共演であった。

覚醒剤の怖さ

少年院の中には女子専用の女子少年院があるという。その一つが千歳の北海少年院の隣りにある紫明女子学院である。長原さんは前もって、講演の後に16歳の少女の個別面談を依頼されていた。相談というのは、覚醒剤をどうやって断ち切っていくかということであった。

話を聞いてみると、親がそういう環境であったことから、自分も使うようになっていた。これを断ち切るとなると、相当な覚悟がいると長原さんは思った。

親と一緒にいれば、また使ってしまうからである。覚醒剤は「止めればいいのに」と人に言われても、簡単には止められない。それが覚醒剤の怖いところである。その上、その少女は、両親も使っている。

長原さんが思った覚悟とは、「お父さん、お母さんは変えられない」という現実を見て、親と離れるしかないということである。

そのためには、自分のやりたいことを見つけて、覚醒剤に意識がいかないように、意識の転換を図るしかない。覚醒剤を上回る魅力あるものを見つけて、それに集中して、それを追いかけていく。

最後は、その人の決断と実行が将来の自分の人生を決めることになる。

「夢中になれるものを探していきましょう」と長原さんは話をした。

少女は「自衛官になりたい」という。

同じ覚醒剤の体験者同士、その人達にしか分からない言葉を使って話ができ弾んだというが、少女にとって心が通じ合う人と出会えたことは、これからの歯止めとなり励ましになると思う。

長原さんもまた、「本当に大変だと思うけど、先が長い人生をしっかりと頑張って立ち直って欲しい」と願っている。

覚醒剤の怖さは、人間の感情がなくなってしまうことにあるという。

おそらく脳に障害がでて、いろんな幻覚幻聴に襲われ、通り魔とか人を殺すような、人に危害を加えたりすることをやってしまう。それは、自分が襲われるという感覚になってしまう人が多いように感じると長原さんはいう。

なぜなら覚醒剤を使ってしまうと、人に対する感情がなくなってしまうからだという。「有り難う」とか、「お願いします」とか、「嬉しい」とかという感情を一切失う。あくまでも自分のその時、その時の氣持ちで動いてしまう。相手のことなど全く意識になく、自分の思った通りにやろうとする。相手に対しては「こうすれ、あーすれ」と強制してしまう。全て「俺が、俺が」の世界になってしまう。人としての思いやりが完全になくなってしまう。ということを、長原さん自身が感じてきたという。

しかし長原さんは、3人の子供には意識して接していたという。だから手を出すことはなかった。子供達にも長原さんにも、本当に幸いだった。

釧路市でビジネスセミナー

令和元（2019）年6月6日、釧路市ビジネスサポートセンターK-Biz主催による「今時の若者と本氣で向き合う！　まごころマネジメントセミナー」が、長原さんを講師に迎えて行われた。

その案内には、こんな人におすすめ!!　と次の言葉があった。

▼若い社員とどう向き合っていいのかわからない……

▼若手社員とのコミュニケーションがうまくとれない……

▼若い社員の離職が多いので、定着率を上げたい……

▼「最近の若者は……」と思うことがある方

地元、釧路新聞に当日の様子が紹介されたので転載する。

新　聞　2019年（令和元年）6月11日（火曜日）　12

「部下信頼し感謝伝えて」

釧路でビジネスセミナー

過去の経験を交えつつ、会社経営について熱く語る長原さん

複数の会社を経営する傍ら、刑務所出所者の就労支援を行う長原和宣さん(51)を講師に招いたセミナーが6日、釧路市交流プラザさいわいで開かれ、出席者は風通しの良い職場づくりについて知識を深めた。釧路市ビジネスサポートセンター「k―Biz」（澄川誠治センター長）の主催。

長原さんは帯広市出身で、白樺学園高校の創設者長原林造氏の孫。中学時代に非行に走り、10代で暴力団組員、20代で覚せい剤中毒という波瀾《はらん》万丈な人生を送りながらも現在は更生し、その経験を基に全国各地で講演を行っている。

この日は市内の企業経営者など27人が参加。冒頭、長原さんは「人の上に立つ立場だからこそ、夢を語らなければならない」と述べ、「社員の立場に立ち、自分の下で一生懸命働いてくれる人たちへの感謝を常に持ち続けてほしい」と訴えた。

このほか、「風通しの良い会社はすぐにできるものではない」とし「毎日他愛のないコミュニケーションを取り、自ら率先して声掛けしていくことが重要」と説明。また、部下や社員へ指導する際は「なぜこんなことをするんだ！」「なぜこうやらない！」などと攻撃的な言動をせず「柔らかく、相手のことを信頼しているという気持ちを伝えることが重要」と力を込めた。

市内でコーティング会社を経営する川名美華代表は「自分の考えが一方通行にならないように、相互コミュニケーションが取れる環境づくりに努めたい」と話していた。（須貝喜治）

釧路新聞　2019年（令和元年）6月11日の記事

大阪府社内木鶏経営者会「特別勉強会」

同年6月27日、大阪市にある株式会社サエラ本社会議室で、「笑顔と活氣あふれる『社風づくり』を実現する」と題して長原さんが講演をした。沢山話をした中から、ほんの一部を紹介したい。

「いろいろ勉強させていただいている中で、言霊とか、自分の発した言葉が自分に返ってくるとか、因果応報や宇宙の法則、鏡の法則などいろんな法則があることを知りました。損得勘定の私は、いい言葉だけを使う。いいところだけを見る。いいことを褒めて、よくないことはちゃんと教えてあげる、伝える。怒っちゃいけない。

社員に限りませんが、私は人と相対する時は、その人は自分のパートナー、自分の子供だと思って接し、叱る時は叱ると考えて実践してきました。

これができるようになるには短期間では難しかったです。しかし習慣になると凄いです。よい習慣づくりを継続して続けていくことによって、当たり前になっていきます。私のよい習慣づくりは、ほんとに当たり前のことだらけで、特別なことは何ひとつありません。

しかしよい習慣は、本当にもの凄い力になると感じています。

下心なくやることがポイントです。下心とは、見返りを持つことです。倍返しでしっぺ返しがくるものだと私は想像します。純粋な心で見返りを求めない。利他という言葉があります。相手のために何か尽くしていく。そこで生まれた相手の喜びが、本当に嬉しいという自分づくりをしていく。これも習慣だと思います。

私は昔、本当に真逆でした。人を責める。疑う。人を崖から落とすような、そんな攻撃ばっかりしていました。顔も笑顔なんてありませんでした。無表情な自分でした。でも良い習慣を身に付けると変わることができるのです……」

令和元（2019）年６月27日大阪府社内木鶏経営者会で講演する長原さん

大阪府社内木鶏経営者会の様子

今後は自主講演も

いろんな分野で講演の依頼を受けて、全国を飛び廻ってきた長原さん。平成29（2018）年7月から令和元（2019）年の12月までにその回数は101回になった。

これは長原さんが、強度な覚醒剤中毒のどん底の中で聞いた、「お前は、覚醒剤から立ち直って、その手本になるんだ」という幻聴が始まりになっている。そしてそれを守り続けているからこそ、できることである。

今後は、自主講演も計画している。

希望の方には株式会社ドリームジャパンに連絡をしていただくことにして、やがてはなかなか予約のできない講師になっていくのではないか。そんな氣がしてならない。

各会場での講演の報告は、帯広市養護教員会研修会の講演内容を簡単に紹介して終わりとする予定であったが、長原さんが語った講演内容は、読んだ人により強く伝わると思い、第7章として紹介することにした。

第5章　長原さん自身が成長し変わっている

精一杯やる　中途半端が嫌な長原さん

その話、よく分かる。だから、それをやればいいんだよね。と行動に起こすことの大事さを知りながら、実際は行動に結びつかない。という話に思い当たる人がいると思う。何を隠そう、私自身がそんな人間であった。まだまだではあるが、良いことは真似することに心掛けている。

今回、本書を作るに当って、長原さんに20時間以上は取材をしている。その途中で「そうか、前書は『長原さん、わたしも生まれ変わります』という読者の声がタイトルになっていたけど、長原さん自身が成長し変わっているんだ」と氣づいた。

事実、私が長原さんと知り合った時点から見ても、長原さんはどんどん成長している。不平不満のない会社づくりもそうであるが、夢実現に向けて着実に前進しているからである。

そのキーワードは「実践」ということになるが、なぜ長原さんはそれができるのか、第

5章では成長のキーワードとなる、「実践」に結びつく話を幾つか紹介したい。

それはまず、性格的なものもあるようだ。前にも少し触れたが、覚醒剤中毒になっている時から、薬物を断ち切った後の自分を思い描いていた。スーツを着て、毎日忙しくしている自分がいて、それが世の中に貢献できていたらいいなあと漠然とではあるが思っていたという。その中に、覚醒剤を断ち切って、どこかで「目立っている自分」「有名人になっている自分」がいたという。

どうも長原さんの場合、この「目立っている」「有名人になっている」というのが、一つの推進力になっているようだ。

それはともかく、「よくないことは反省して改める。今できることを精一杯やる。次の行動に繋がることをやる。今日一日を本氣で生きる」ことで、それが「夢に繋がっていく」。その実感が「日々強くなっている」と語る。

この言葉からも分かるように、実践してこその自信と言えるが、長原さんにはそれを裏付ける言葉がある。それは、「精一杯やる」ということに尽きるという。

その意味は「精一杯やり続けていくと、必ずうまくいく。その実現が早いか遅いかは分からないけど、自分の思いの強さと心が込められているものであれば、時間は短縮して実現する。そういうことを私は実感し信じています」と言い切る。

ここで「精一杯やる」について、ちょっと意地悪な質問をしてみた。「ヤクザになった時も、自衛隊の時も、覚醒剤でもそうだったんですか」と。

その答えは明確だった。「中途半端が嫌なんです。ダメな自分に妥協したくないんです。自分自身に対して悔いを残したくないんです」であった。

心の持ち方　やればできるという成功体験

令和元年9月20日から11月2日まで、ラグビーワールドカップ２０１９日本大会が開催された。凄い力を発揮した日本チームの合言葉は「ワンチーム」であった。多くの感動をもらうと同時に、「ワンチーム」の実践は、家庭でも会社でも、そして国家でも非常に重要だと思った。本氣でチームのためにと思ったら、全力で尽そうという思いになる。人が生きる上で、とても大切なキーワードだと思う。

その意味を、改めて日本チームから教えてもらえた。

ラグビーと言えば、若い人は分からないかもしれないがテレビドラマ「スクールウォーズ」が有名だ。校舎のガラスは割れている。廊下をバイクが走る。教室では麻雀が行われている。荒れた学校の象徴的姿だった伏見工業高校に、ラグビーの元日本代表の山口良治先生が赴任してきた。ところがそのラグビー部は最悪の弱小チームであった。部員達は敗けても悔しいとも思わない。

山口先生の指導によってそのラグビー部は、ラグビー部の名門校である京都の花園高校を破り、ついには全国優勝を果たすまでに育て上げていった。その物語である。

なぜ学校は荒れているのか。それは生徒に誇りがないからだ、と山口先生は思った。そこで先生は、ラグビーを通して「生徒達に誇りを持たせる」ことを誓った。

当然、そこに至るまでには語り尽くせない苦労があったが、見事に学校全体が生まれ変わった。山口先生は「信は力なり」を実践で証明してくれた。これは、信念を持ち、夢を強く思い描いて生きる長原さんの生き方に通じている。

スポーツということで、野球好きな長原さんを思い出して、「野球で何か、学んだことはありますか」と聞いてみた。

小学生時代は真面目で勉強はそこそこできたし、少しおとなしい方だったけど野球が大好きな子供だったという。好きな野球は、守備の方はサードで自信はあったが、バッティングは下手だった。空振りでアウトになるか、塁に出るのはフォアボールで、ヒットはなかなか打てなかったという。

小学校6年生になって、これで敗ければ小学生最後となる試合で、いつも打てなかったヒットが出てチームは勝利した。そして次の試合。最強のチームとの対戦であった。このままいけば、ノーヒット・ノーラン試合になる。そんな時、チームメイトが誰も打てなかったのに、長原少年はヒットを打ったという。試合には敗けたけど、ノーヒット・ノーランにはならなかった。

その時に長原少年は思った。「試合になると緊張してしまい、練習では打てるのに打てなくなる。しかし積極的な氣持ちで立ち向かったら打てた。そうか、積極的になればいいんだ」と。

もう一つ、自衛隊を辞めてから長原さんは、静岡で監督兼選手になって野球チームを作った。この時のポジションはピッチャーではあったが、コントロールが悪く、球種にも冴えがなかった。いわば余り上手ではなかった。そこでどうすれば上手になるかを考え、テレビの野球解説で学んだことや、上手な人のアドバイスを実践でやってみた。すると徐々に上手くなっていった。やがては自分の思う通りに投げられるようになった。

ここでまた長原さんは、「自分って、やればできるんだ」と思った。

「いざという時には落ち着いて精一杯やればできる。やればできる」

成功体験は、どんなに小さくても自信に繋がる。長原さんも、こうした体験が積み重なって、夢実現に向けての大きな力になっているように思える。

講演は自分が磨かれる　だから本氣でやる

第4章で、長原さんの講演の広がりを紹介したが、これも長原さんの人間成長に大きく関係している。

よく、教わる側より教える側の方が勉強になると言われるが、それは教えるために勉強をするからである。

講演の善し悪しは、もちろんその内容も大事ではあるが、それ以上に話す方も聞く方も「その人の心の持ち方」が大事ではないかと思っている。なぜなら、心の持ち方で講演が生きたものになるか、無駄になってしまうかが決まると考えるからである。

ある講演で、強く感じたことがある。話が上手い、内容も分かり易い、準備されている。しかし話が表面的過ぎて「講演のための講演であって、心を込めて本氣さがない」と。

基本的に私は、相手がどんな人であっても、どんな話であっても、「そこに学ぶべきことがあれば、学ばせてもらう」ことを心掛けているが、「講演のための講演」は、その氣持ちがどうしても弱くなってしまう。


その点長原さんは、本氣さをいつも大事にしている。特に少年院や刑務所で話をする場合は、「本氣さ」が大事なキーワードになる。「本氣であれば、必ず立ち直りはできる」ということを「自分自身が本氣で信じて、真剣に訴えることで初めて相手に伝わる」と体験的に知っているからである。

悪だった時の長原さんは、「相手が今、何を考えているか」また、自分の発言をどう受け止めているか」を常に考えていた。それができないと、自分が不利な立場になってしまうので、そうならないように、自然とその感覚が磨かれたというのだ。

少年院や刑務所にいる人は、その感覚が身についている。だから「この人は、本氣なのか、本氣でないのか」がすぐに感じ取ってしまう。講師に本氣さを感じなければ、もう聞こうとは思わない。

長原さんは、このことを一般の講演でも大事にしている。何より、本氣さが伝わらない講演は、聞きに来てくれた人に申し訳ない。

「だって、そうでなかったら、人生、もったいないじゃないですか」

本氣でやる、というのが長原さんの成長のカギになっている。

長原さんの場合「全ては覚醒剤から」

長原さんの場合、人生を一時期狂わしてしまったのも、また更生のきっかけになったのも覚醒剤が大きく関わっている。

「今となって、まさか覚醒剤に感謝するとは思ってもみませんでした」という長原さん、「私にとって、全ては覚醒剤から」なんですと次のように話す。

「覚醒剤で、生かされている命を一番に氣づかせてもらいました。働く喜び、お金を得る喜び、胸を張れる喜び、それは真面目に働くことで得られると氣づかせてもらいました。

だからこそ私は、生きることに執着があるような氣がします。

自分の夢に対する願望執着が強くあります。

そのためには、一所懸命に生きることしかありません。

この先どこまでいけるかわかりませんが、精一杯生きること。

それでこそ、生かされた命を生き切ることになると思っています。

また、ご先祖様、両親、家族の大切さも教えてもらいました。それも私にとって感謝なのです。感謝の思いを伝えるためにも、真面目に一所懸命に生きることしかないのです。

これらは、全て覚醒剤から導かれていることに氣づかせてもらいました。

覚醒剤で、何回、死んでいてもおかしくなかった自分が生かされている。

帯広に戻って、お祖父ちゃんが戻してくれたと本当にそう思いました。

釈放された後なので、自由って本当に有り難いと思いました。

人間、自由を奪われるって、これほど苦痛なことはありません。

手錠を外され釈放された。自由がどんなに有り難いことか。

世の中、悪いことをしたら牢屋に入れられる。うまくできていると思いました。

いろいろ、教えてもらいました」


だから、どんなことでも真剣に生きる。

妥協せずに、コツコツと生きる。

今できることをやる。


長原さんの、こうした生き方は、「全ては覚醒剤から」が出発点になっているという。

そう捉えると、長原さんは覚醒剤に陥ったのではなく、陥《おち》いらされたと言うこともできる。

しかしそれは、あとでつけた理由であって、覚醒剤は絶対に手を出してはいけない。

長原さんの場合、覚醒剤が真剣に生きることに目覚めさせてくれた。死を覚悟するようなどん底状態は、真に生きる意味を教えてくれるものかもしれない。

複雑からシンプルな思考と行動へ

長原さんの生き方は、とてもシンプルである。単なる単純男だからではない。むしろ苦労に苦労を重ねてきたことから導き出されたシンプルである。

と思いついたのは、「プロの動きには無駄がない」とか「迷った時には原点に戻る」という言葉を思い出したからである。

ほんの一時期ではあるが、私は若かりし頃に裏千家の茶道を習ったことがある。もう何も覚えていないが、「動きに無駄なく、美しく」が頭に残っている。シンプルにやることが無駄なく美しいことであると理解している。しかし、それさえ正しいかどうかは忘れている。

それが長原さんの生き方とどう繋がるのか。簡単に言うと、

夢に向かってまっしぐら。

今自分ができることを精一杯やる。

というのが、とてもシンプルだと思ったからです。

多くの人の場合、何か問題があると、何で自分はこんなことになるのか、何で自分だけに禍《わざわい》がくるのか、という外的要因に心が向いてしまい、複雑に考えてしまう。そのため、改善に向けて前に進むことが難しくなってしまう。私も、そういう体験はよくしてきた。

大事なことは、とにかく半歩でも前に進むことである。

その点長原さんは、シンプル。今できることを真剣に考えて手を打つ。これが生きていく上で、もの凄く大事であると長原さんの生き方を見て思う。

できない理由を並べても、何の問題解決にはならない。

「原点に戻る」というのも、とやかく言わずに原点に戻って行動せよと解釈すれば、シンプルな生き方となる。

とにかく長原さんの生き方はシンプル。これが成長の大きなカギになっていると感じる。

なぜそういうシンプルな生き方ができるのか。それはやはり、死の局面を体験しているからだと思う。

動物的直感

また長原さんには、動物的直感があるように感じる。そこで「動物的な感があると思いませんか」と聞いてみた。

「動物的な感という言葉は聞いたことがありますが、その意味がよく分からないんです」ということなので、「動物は人間のように頭で考えてどう生きようとは考えない。生か死で動く」と説明したら、「それなら分かります」ということで、最近は特に直感を大事にしているという。

取材をしていると長原さんから、「あ、今降りてきました」ということが度々あった。

しかも最近は、その直感が冴えているという。

直感で2人が合意したのは「それは、常に本氣で考えているから」であった。

何事にも、何時でも一所懸命、全力を尽す

令和元（2019）年12月11日、盛和塾の最後の勉強会に参加した長原さん「感動でした。大事なことも学べて大きな励みにもなり、会いたいと思っていた人にも会えました」と話してくれた。

同友会や盛和塾、倫理法人会などに入会し、勉強会の場にいるだけで偉い人がいっぱいいて興奮したという長原さんだったが、その点でも心に変化があった。

ある意味、緊張しなくなったという。

青森で行われた盛和塾の勉強会に出席した際、受付で懇親会の席は稲盛塾長の隣りですと言われた。「喜びと同時に、どうしようという自分がいて、嬉しいけど勉強会の間はそればっかり考えて、勉強会どころじゃなかったです」

そして懇親会の時間になった。

塾長の横に「失礼します。長原と申します」と挨拶をして座り、塾長とも話をさせてもらった。次々と多くの人が挨拶のために塾長のもとに見える。長い列ができる。長原さん

は隣の席なので、やり取りが全部見える。塾長のその姿から大きな収穫を得た。

「私、そこで得たことは、一所懸命、全力ということです。塾長は、懇親会の時も一所懸命、全力なんです。何をやるにしても、ど真剣というのを感じたのです。だから氣を抜かない。とにかく集中して一所懸命、酒を飲むにしても一所懸命に味わう。

盛和塾では必ず最後に塾長のお好きな歌で『ふるさと』を合唱します。懇親会が終了し、皆さんが一つの輪になって合唱する。塾長と肩を組みながら私も歌いました。すると塾長が一所懸命歌っている。それでまた感動したんです」

「何事も一所懸命、何事も全力」の学びは、長原さんにとって大きな励みとなり自信に繋がった。一所懸命に全力を尽くしていると、どんな人に会っても負い目がなくなるという。これって凄いことだと思う。

なぜ負い目がなくなるのか。それは「真剣だから」という。

ではなぜ真剣に生きると負い目がなくなるのか。長原さんは、そのキーワードとして「同じ人間」を挙げる。会社の規模や売上げで比較すれば、まだまだドリームジャパンは小さい。でも人間として真剣に一所懸命、全力を尽して生きていれば、心の差を感じることがなくなるという。

規模の大きさなどは、「そのやり方を学んで実践していけばよい」と長原さんは考えている。

話を聞いていて、一所懸命に全力を尽くすというのは、もったいない人生を歩まない長原さんの生き方に通じていると思った。

素直に、正直に生きる

長原さんと話をしていると、「素直」という言葉が度々出てくる。では、長原さんは何に素直になって生きているのであろうか。

普通で考えれば、悪いものに素直になることはあり得ない。ならば良いものに素直になるということになる。長原さんにとって、その良いものとは「夢の実現」である。夢の実現に素直になればなるほど、夢に向ってしっかりと生きて行こうという氣持ちが強くなっていく。

そこが大事なポイントである。

長原さんは、今できることを精一杯やると決めているからである。素直になるということは、夢に向かって行動することなのだ。

陽明学に「知行合一《ちこうごういつ》」という言葉がある。知ることと行うことは一つであり、行動することにこそ意味があることを教えてくれる教訓である。

もう一つ素直になることで、大事なことがある。それは、本書のタイトルになっている「社会に法則あり」に素直になることである。もうお分かりだろうが、悪の行いをすれば悪い結果になり、善の行いをすれば良い結果になるという、単純明快な法則である。

当然、人の道としては善い方に従うことになる。そうなれば、迷いなく生きていくことができ、素直になればなるほど、人として成長できる。

それを長原さんは実践している。ということで「素直に行動　素直に生きる」がタイトルとなった。

正直というのも長原さんにとって、大事なキーワードである。ウソをつきながら生きることは、「相当、頭を使う」そうである。ウソがばれないようにまたウソをつく。しかし、それを続ければ誰からも信用されなくなってしまう。

人間、人から信用されず、相手にされないほど寂しいものはない。

長原さんは言う。「正直に生きるっていいですね。堂々と生きられる。氣持ちよく生きられます」と。

素直に、正直に生きることは、人間の成長に繋がっている。

今日一日、私は進歩したかを日記で確認

一日でも無駄にしたくない。それを実践する長原さんは、毎日「今日、進歩したことを日記に書いている」と教えてくれた。

イチロー選手が、毎朝「今日は必ず進歩する」と書き、夜には「今日は○○が進歩した」と書いていると聞いたことがある。その時の私は、「凄いなあ」と思っただけで、真似はしなかった。

長原さんが、何がきっかけで始めたかは聞かなかったが、毎日確認するとは、やはり実行の人と言える。人生を無駄にしないという長原さんらしい生き方である。

挑戦は、するにはするが、なかなか長続きしないという人から見ると、「それは、大変だろうな」と思ってしまう。しかし続けている人は、最初はきつかったけど、今はしない方が氣持ち悪いとなる。

現に長原さんは、進歩できた自分を確認できることが嬉しいという。進歩を確認できない時は悔しいけど、また明日頑張ろうという氣持ちになり、前に向くことができるというのである。

継続のことで言えば、長原さんは毎日、『長原和宣ブログ』を書いている。文章というのは書けと言われてもすぐには書けないものである。頭に書きたいことが浮かんできたとしても、それを実際に書いてみると、なかなか文章にならないからである。

長原さんのブログの文章は洗練されている。易しい言葉で書かれているが、中身は濃い。ここまできたのは、やはり積み重ねがあってのことだろう。

ブログを書くきっかけを聞いてみた。

最初は、ホームページに社長ブログの欄は作っていたけれども書いていなかった。それを見た人材教育家、マナー講師、株式会社シェリロゼ代表取締役の井垣利英《いがきとしえ》さんから数回

「何で書いていないの」と問われたという。

井垣さんには会社の研修会に10回ほど来ていただいており、「自分では日本一の先生だと確信していたので、もう書かないことの言い訳はできなくなった」ということで、書き始めたという。

やり始めれば続ける。

それが長原さんの特徴である。

『長原和宣ブログ』(https://ameblo.jp/k-nagahara/)の中から、３つ紹介したい。

過去はすべて手放し未来に集中する・・・
２０１９年12月17日(火)

私たちの変えられないものは過去と他人であって、変えられるものは未来と自分です。

過去の暗い出来事を引きずって生きていたり、過去の暗い失敗をいつまでも語っていたりするのはよくありません。

過去の人生で体験した貧しさはすべて忘れてしまうことがよい運を生み、よい人生を創っていきます。

過去は過去のことですから、過去の過ちのことばかり考えていたら、必ず同じことを引き寄せ続ける原因を創ってしまいます。

バランスの崩れた現状を正当化するために過去をいっているのなら、それはまさしく「私は貧しい人生を送ってきたけど、これからもずっと貧しくあり続けるつもりなんだ」と宣言しているのと同じことになります。

これまでの人生が暗い過去だったならば、「これまでの経験があってこそ今があり、無限の可能性を実現するために必要なステップだったんだ」と考えることです。

そして、未来に集中することです。

未来は自分の努力次第で何ぼでも変えていくことができます。

10年先どうなっていたいですか？

二度とない人生、真剣に考え行動し、悔いの残らない人生にしなければ、もったいないです。

幸せになることと、運がよくなることに覚悟を持って取り組み、自分の夢に焦点を合わせて生きることです。

未来のことに集中するとは、未来の自分のことにとてつもなく忙しくて、楽しくなる自分を自分で創ることを言います。

自分の言葉・・・

2019年12月03日（火）

「有言実行」という言葉があります。

有言実行の意味は、「一度口に出していった事は必ず実行すること」です。

口ではよいことを言いながら、それを実行しない人はよい方向へと運命を切り開くことができません。

言ったことをちゃんと実行できる人が、必ず幸福に恵まれます。

自分が言った発言に対して、しっかり自覚と責任をもっていなければ、口先ばかりだと、当然、誰にも相手にされなくなっていくものです。

そして、類は友を呼ぶので同じような人に引き寄せられていくものです。

恋人とケンカした友人に「許すことも大事だよ」と、慰めます。

であれば、言った本人も人を許すことができなければなりません。

親が子供に「本を読みなさい」と教えるのであれば、言った親自身も子供の前でたくさん本を読まなければなりません。

人として口先だけのウソつきは許されない。

いつも有言実行の人で、類は友を呼ぶ人でいましょう。

自分の言葉を実行することによって、信頼され尊敬される人間になっていくのです。

意識して誰を見るかで人生は決まる・・・

２０１９年12月10日（火）

世の中を見渡すと、人生を諦めて、諦めの人間関係を探し求めていく人と、より良い人生にし自己実現させ、成功し続ける人間関係を探し求めていく人の２通りに分かれていきます。

人は人に刺激され感化されます。

ですから、意識して自分は誰を見るかで人生は決まっていきます。

何事においても前向きに努力している人に焦点を向けている人は「あの人も頑張っている。よし自分も頑張らなくちゃ」と感化されますが、努力を続けられず諦めている人は常に周りの諦めている人を探し「あの人が諦めたから自分も諦めよう」となります。

運は前向きに努力する人が好きですから、より良い人生にしようと前向きに努力する人ほど運も高め続けられます。

成功し続ける人との人間関係は、運氣も伝染し上昇させてもらえます。

二度とない人生、真剣に生きて生き抜きたい限りです。

自分としっかり向き合うことで必ず人は、思った通りの願望を実現させられる人生を歩んでいけます。

人間って本当に面白くできており、自分の発した言葉通り、思った通りに自分の人生を導かれているのです。

運のある人、努力を続けている人にガッチリついていきましょう。

第6章　職親プロジェクト　千房の中井政嗣会長に聞く

再犯防止シンポジウムin北海道

長原さんの更生活動は、大阪に本社を置く千房株式会社の中井政嗣会長と出会ってから急速に前進し始めた。

掲載日:2019年05月25日、面名:社会、記事ID:KIJ20190525_A0023000100601001　(C)十勝毎日新聞社

再犯防止へ　働く場を

「職親プロジェクト」十勝でも

9月発足　帯広の10社賛同

刑務所や少年院の出所者に対して企業の経営者が親代わりになって雇用して再犯防止を目指す日本財団（東京）の「職親プロジェクト」の東北海道連絡会議が9月に発足する。帯広市内の企業10社がすでに賛同しており、専門機関とも協力しながら地域一体となって社会復帰を支援する。

法務省の犯罪白書によると、刑法犯による検挙者の再犯率は1997年以降、上昇し続け、2017年は48・7%。そのうち約7割が無職だった。

こうした背景を受け、日本財団は2013年に同プロジェクトを開始。これまで東京や大阪など5都府県に連絡会議ができ、計130社が参加している。

参加企業には国から雇用1人当たり月額最大8万円が支給される（最長半年）。刑務所や少年院に求人を出して受刑者の採用面接を行い、出所後は就労場所を提供することで居場所づくりや更生を後押しする。また更生保護行政とも協力しながら定期的に連絡会議を開く。

東北海道連絡会議の発起人は、帯広市の軽貨物運送業ドリームジャパン社長の長原和宣さん（51）。これまで保護司らを通して少年院や刑務所の出所者約30人を雇用した経験がある。

すでに市内の運送業、建設業、飲食サービスの10社が賛同し、今後は釧路管内やオホーツク管内などでも参加を呼び掛けていく。長原さんは「一度罪を犯した人でも支援する強い意思がある企業に参加してほしい」と話している。

7月に市内で説明会を予定している。同プロジェクトへの問い合わせはドリームジャパン（0155・26・5657）へ。（高田晃太郎）

「地域一体となって出所者の立ち直りを応援したい」と話す発起人の長原さん

失敗 やり直せる　連絡会議発起人 長原和宣さん

職親プロジェクト東北海道連絡会議の発起人、軽貨物運送業ドリームジャパン社長の長原和宣さんも、過去に覚せい剤所持で逮捕され、就職活動に苦労した経験を持つ一人だ。現在は全国の少年院や企業などで年間80件の講演活動を行い、少年らの立ち直りを応援する長原さんは「自分のように一度失敗してもやり直せると知ってほしい」と力を込める。

帯広出身の長原さんは30歳のとき、静岡県で逮捕された。出所後は「生まれ育った地元で一からやり直そう」と帯広へ。だが就職活動で30社の採用面接を受けたが結果は全て不採用。「面接に行っても、自分ではなく家族の話だけで終わったこともある。悔しくて、忘れられない思い出」と振り返る。

仕事なら何でもやろうと思って見つけたのは、各家庭にチラシを配るポスティングだった。1枚2円の報酬だったが、「何かに携わる喜びと、働けることのうれしさを知った」と言う。

2001年に軽貨物運送業の長原配送を創業。5年ほど前から刑務所の出所者らを受け入れ始め、住居も市内の不動産会社と協定を結び、月1万5000円から提供している。

過去にはコンビニ連続強盗など10以上の罪名で逮捕された若者を面接したこともある。いったん保留し「恐怖も感じた」が思い切って採用。しかし不安とは裏腹に、「根性があり、立派に半年勤めてから別の会社に移った。自分も学ばせてもらった」。

一方で、再犯によって会社を去る人もいた。「密なコミュニケーションはもちろんだが、継続して寄り添う姿勢が必要」と改めて実感している。

二度と罪を犯さないためにも「仕事をして頑張ったら得られる喜びを伝えていきたい」と話す。（高田晃太郎）

十勝毎日新聞　2019年（令和元年）5月25日

中井会長に初めてお会いした時に、「長原さん、北海道でも職親《しょくしん》プロジェクトを立ち上げないか」と言われたのがきっかけである。

長原さんは素直に「はい」と引き受け、早速、十勝地区で参加企業を集めていった。その動きが地元の新聞に紹介された。令和元年7月10日には、中井会長から帯広までお出でいただいて、職親プロジェクトの企業向け説明会を開いている。

掲載日:2019年07月11日，面名:社会，記事ID:KIJ20190711_A0027000100601001

出所者の「善」信じて

中井政嗣さん

十勝でも始動「職親」の草分け

お好み焼き「千房」会長

罪を犯した人でも採用するのが当たり前の時代が必ず来る―。10日に帯広市内で開かれた職親（しょくしん）プロジェクトの企業向け説明会で、プロジェクトの草分けとなった、お好み焼きチェーン店「千房」（大阪）の創業者で会長の中井政嗣さん（73）があいさつに立った。出所者の受け入れを始めた経緯や思いなどを聞いた。（高田晃太郎）

社長が責任とる

―なぜプロジェクトを。

千房は今こそ1412人の従業員が働くが、創業当時（1973年）は人手が足りず、猫の手も借りたいほどだった。後に知ったことだが、採用した人の中に元受刑者がいて、店長になり幹部に成長していた。そんな実績を知った知人から、2009年に「受刑者の就労支援を手伝ってくれないか」と話があり、山口県の刑務所を視察。受刑者1人当たりの経費が年間300万円ほど掛かり、出所しても半分近くが再犯で戻ってくる現実を知った。

―社内の反応は。

役員会では賛否両論だった。「飲食店は人気商売。お客さまが怖がって来たがらなくなる」という意見もあった。けれど、応援してくれるお客さまもいるかもしれない。損か得かではなく、善か悪かというと善に違いない。私は若いとき学歴も金もなかった。いろんな人に支えられて今日がある。経営は駅伝と同じ。自分がしてもらったことを次の代にバトンタッチしないといけない。最終的に「責任は社長が取る」と受け入れを決めた。

―マスコミにも大々的に取り上げられた。

大阪の企業10社がそろって山口の刑務所で採用面接をすることに。私が面接した男女4人は全員が家庭崩壊だった。私は彼らの罪をとがめることができなかった。2人の男性を採用し、衣食住をそろえ、身元引受人となった。2人が出所するとき、テレビや全国紙で報道されることが決まったが、怖かった。しかし、これで会社がつぶれるくらいなら、こんな日本はもういいと腹をくくった。

「社会の偏見を緩和させたい」と強調する中井会長

なかい・まさつぐ　1945年奈良県生まれ。中学卒業後、兵庫県の乾物屋に奉公。73年、大阪でお好み焼き専門店「千房」を開店し、現在は国内外で77店舗を展開する。昨年秋に会長に就任した。

偏見和らげたい

―反響は。

1人だけ嫌がらせのメールが来た以外は、励ましのメッセージだった。日本はまだまだ捨てたもんじゃないなと思った。その後、日本財団から声を掛けてもらい、関西の企業7社で職親プロジェクトが始まった。参加企業は、刑務所や少年院にいた人たちの採用をオープンにしている。「千房だって受け入れている。問題ないんだ」と世に知らしめることで、出所者への社会の偏見を和らげたい。

―その後の採用は。

37人の出所者を採用し、12人が今も働いている。入社するとき、「うそをつくな」「ルールは守れ」「素直になれ」と言う。採用後、半年間の給料は手渡しで、金銭出納帳で金を管理させている。主任や店長になった人もいる。ある日、社員寮に行くと店長の青年がアルバムを見せてくれた。鉢巻き姿でオートバイにまたがっていた。暴走族のリーダーだった。「人間って変われるんだな」と思った。自分自身を振り返ってもそうだ。母親に「俺が社長になると考えたか」と聞くと、「夢にも思わなかった」と言われた。母親ですら、わが子の成長が分からない。「人間は無限の可能性を秘めているんだ」と気付かされた。

採用腹くくって

―十勝でも受刑者の受け入れが始まる。

心強い。参加企業はつらいこと、苦しいことが出てくるかもしれないが、ぶれないでほしい。採用すると決めたからには腹をくくってほしい。喜びは他人と分かち合えば倍になる。大阪、東京にも（プロジェクトの）仲間がいる。協力しながら成功事例を増やすことで、社会の大きなうねりとなっていくと信じている。

企業向け説明会に16社

9月の連絡会議発足向け

刑務所や少年院を出た人を雇い、再犯防止を目指す「職親プロジェクト」の企業向け説明会が10日、帯広市内のとかち館で開かれた。十勝管内を中心に16社の経営者らが参加し、9月の東北海道連絡会議発足に向けて、50人の受け入れを目標とすることを確認した。

同プロジェクトを進める日本財団（東京）の主催。東北海道連絡会議の発起人で、市内の軽貨物運送業ドリームジャパンの長原和宣社長が「（覚せい剤使用で逮捕された）私の経験からも、人は変われるんだという思いがある。その人を信じて寄り添ってほしい」とあいさつした。

同財団の広瀬正典さんは、参加企業は刑務所などで受刑者を直接面接し、採用すれば国から最大48万円が支給されると説明。企業名は同財団ホームページで公開されることも挙げ、「この取り組みが広まることで犯罪被害者が減り、再チャレンジできる社会づくりにつながる」と強調した。

最後に参加予定の企業が目標受け入れ人数を述べ、計50人に上った。今後、正式に申し込みし、同連絡会議は9月に発足する予定。

問い合わせはドリームジャパン（0155・26・5657）へ。（高田晃太郎）

「出所者を信じて寄り添ってほしい」とあいさつする長原社長

十勝毎日新聞　2019年（令和元年）7月11日

そして令和2（2020）年2月5日、札幌で「再犯防止シンポジウムin北海道」が開催された。主催は日本財団、後援は法務省。テーマは「～再び罪を犯さないため、企業が果たす役割とは～」、基調講演は、千房の中井会長による「日本財団職親プロジェクトの歩みと千房での実績」、そして法務省関係からの発表、パネルディスカッションと続く。

パネルディスカッションのパネラーは3人、北洋建設株式会社の小澤輝真社長、千房株式会社の中井政嗣会長、そして株式会社ドリームジャパンの長原和宣さん。ファシリテーターは日本財団公益事業部国内事業開発チームリーダーの高島友和様である。

これで正式に日本財団職親プロジェクト北海道が誕生、長原さんはその推進役の1人になった。

職親プロジェクト

職親プロジェクトとは、出所者の自立更生支援活動のことで、日本財団のホームページに、なぜ職親プロジェクトに取り組んでいるのか、その想いが載っている。それをそのまま転載させていただきます。

一度のあやまち。
それは、社会復帰を望んでも叶えづらい日本において、
出所後のさまざまなハンディキャップとなり、
犯罪を重ねる悪循環につながっています。
この局面に対して私たちは、
官民連携で出所者が再び罪を犯さぬよう「職の親」となり、
自立更生を推進する活動を行っています。
一人でも多くの社会復帰を後押しするために。
新たな犯罪を未然に生み出さないために。
そして、より安心して暮らせる日本をつくるために。

縁が縁を結んで出会えた千房の中井政嗣会長

長原さんが、千房の中井会長と出会ったのには、ちょっとした物語がある。

その物語の始まりは、覚醒剤で警察のやっかいになった長原さんが、全国の警察官向けに発行されている月間雑誌『ＢＡＮ』に特集記事として登場したことである。編集長・曽田整子さんが『長原さん、わたしも生まれ変わります』を読んだことがきっかけである。

その取材の際に、曽田編集長から「Paix2（ぺぺ。以下、ぺぺと表記）」という刑務所の

全国の警察官向けに発行されている月間雑誌『ＢＡＮ』

『ＢＡＮ』の特集で取り上げられた長原さん

ＢＡＮの記事は、長原和宣ブログで見ることができる
https://ameblo.jp/k-nagahara/

アイドルと言われている女性歌手ユニットの話を聞いた。刑務所や少年院でプリズンコンサートを行っており、その回数は６００回を超えるという。

長原さんは、初めてぺぺの存在を知り、ぜひ会ってみたいと思った。即座に「紹介してください」と曽田編集長にお願いした。そこで紹介いただいたのが、ぺぺが所属する株式会社88（ハチハチ）エンタテインメントの、ぺぺの産みの親であるマネージャー片山始さんだった。

早速アポイントを取って東京の事務所で片山さんと会った。初めて会った日、「5時間も話をしていました」という長原さん、大いに話が弾んだという。この時に、千房の中井会長のお名前もでていた。

その後、長原さんは千歳の北海少年院でぺぺのコンサートを聴く機会があった。

「もう感動でした。堪《こら》えても堪えきれなくなって、ずっと涙が止まりませんでした。ぺぺさんの歌が、そして会話が心にビンビン響いてくるんです。自分も前科者ですから、わかるんです。ぺぺは、単に歌を唄っているんではないんです。心があるんです。受刑者の人の心に寄り添う暖かい思いを感じるんです。もう凄いとしか言いようがありません。とにかく感動しました。それだけでなく、話し手としても勉強になりました」

長原さんは、その時の興奮ぶりも一緒に、身振り手振りで教えてくれた。

現在、受刑者の就労面接でぺぺの話をすると、全員が知っている。さらに「みんな感謝していますね。ぺぺに会ってぜひお礼を言いたい」と言っているという。

「ぺぺは、もの凄い大事なことをやっているのに、その活動が世の中にはまだまだ認められているとは言えません。もっと評価されていいと思います」と長原さん。

この出会いがあってから長原さんは、講演で全国を回っていると、不思議といたるところで中井会長の話を聞くようになっていった。「前科者の就労支援を積極的にやられている何か凄い会社があるんだ、どんな経営者なんだろう、ぜひお会いしたい」

と思った時の長原さんの行動は早い。すぐに片山さんにお願いの電話をした。

やはり、出会う人には出会うようになっているのか。片山さんは、作田明賞を受賞された際に、中井会長もご一緒だったという。快く、ご縁をつないでくださった。

長原さんは早速中井会長に、自己紹介となる資料と本を、手紙を添えて送った。そして中井会長と会うことができた。その時に、職親プロジェクトの取り組みについて、詳しく知った。そこで中井会長から、「長原さん、北海道でも職親プロジェクトを立ち上げないか」

といわれたのである。

その後、私（斎藤信二）と長原さんの間で、長原さんの第二弾の話になった。となれば、中井会長にぜひ登場していただかなければということで取材をお願いし、令和元（2019）年10月16日、千房の本社で中味の濃いお話をお聞きかせいただだいた。ということで、紙数の関係で少し短くして紹介させていただきます。

再犯の7割が無職という現実

千房は創業して丸45年になり、おかげさまで今は大卒の若者も入社してくれるような会社になっていますけれども、創業当時は人手不足で大変な思いをした時期がありました。もう猫の手も借りたい。藁をもつかむ思いですから、学歴はもちろん、学業成績、身元保証人などは一切問いません。誰でもいいから来てほしい。場合によったらその日に面接して、その日から採用というようなこともありました。

実はその中にたくさんの非行少年、非行少女、少年院、鑑別所、昔の教護学校（少年院に入る前に収容される施設）、あるいは児童養護施設、あるいは元受刑者という経歴を知らないまま採用しておりました。

その中で、立派に立ち直り、店長になり、やがては独立していったという者もたくさんいたわけです。それを知った周りから、「やんちゃやけど」とか「引きこもりやけれど」とか、受け入れを頼まれ、結構採用してきました。あるいは児童養護施設とかの要望には積極的に応えてきました。

けれども受刑者ということに関しては、今まで知らないで雇用したりすることはあっても経歴を知った上で今のように大々的に受け入れるということはありませんでした。

そんな矢先に、今から12年前ですけれども、大変親しくしていた吉野家の安部修仁社長（当時）から、「小学館集英社プロダクション（以下、小プロ）の北村常務（当時）と伺いたい」と電話があったんですね。それが、法務省が推進している受刑者就労支援の話でした。

当時、山口県美祢《みね》市に全国初の官民協働体のＰＦＩ刑務所（美祢社会復帰促進センター。以下、美祢センターと表記）ができて、小プロがそのプロジェクトに参加しているんですね。それで北村常務が「塀のないＰＦＩ刑務所では、特に矯正教育に力を入れている。刑務所の一番大事なことは、犯罪者が再犯しないよう社会に送り出すこと。そして犯罪者の再犯ゼロを目指したい。そのためには受刑者に職に就かせることが何より大事である」と店舗数が多い吉野家に協力をお願いしたそうです。

刑務所出所者が5年以内に再犯で戻ってくるのは約半分。そのうちの7割が無職ということですから、職に就けることがいかに大事かということがわかります。

安部社長は「吉野家よりも、成功事例の実績を持っている会社がある。大阪のお好み焼き屋さんで、千房の中井社長がいる」と北村常務に話をしたら、「それなら紹介してほしい」ということで、法務省の審議官だったと思いますが、3人で千房に見えたのです。

ちなみに、PFI刑務所とは、民間の資金やノウハウを活用して、公共施設などの建設や維持管理、運営を行なう手法で設置された「民活刑務所」で、美祢社会復帰促進センターは、小プロ、セコム、清水建設の3社も共同体になっています。

民活刑務所・美祢社会復帰促進センターを視察

その話を受けて、千房としても「それは何とかせなあかん」と思い、とりあえずPFI刑務所を視察させてもらうことにしました。大阪で親しくしている会社を10社ほど集めて美祢センターの視察に行きました。センター長にいろんな施設を案内してもらって、生の刑務所の実態を見たんですね。感動しました。

刑務所ではなくて。教育センターなんです。テレビや映画で見るような、閉鎖的なイメージではなく、ほんとに矯正教育に力を入れていることを感じました。

受刑者の1人ひとりを見ていても、罪を犯したとは思えない。あとで聞いてわかりましたが、ここは罪が比較的軽く、刑務所に初めて入る人達が対象で、2年ぐらいで出られるんですね。

受刑者の話をしますと、受刑者1人にかかる費用は年間で300万円以上です。全てそれは、血のにじむような税金です。それが、我々の職親プロジェクトで職場が提供され、働くようになれば、彼らは納税者に変わります。税金を使う者が税

中井政嗣会長は、令和元年 10 月 11 日、「安全安心なまちづくり関係功労者表彰」で内閣総理大臣賞を受賞しています。

金を納める人になる。マイナスがプラスになるわけですから、その差は非常に大きいわけです。

さらに言うならそれは再犯防止になり、治安もよくなります。受刑者が刑期を終えてから職に就けるようにすることは「安全安心なまちづくり」になるんです。

一方で、加害者に「なんで支援をせなあかんの」と言われることもあったりします。では、加害者を野放しにしておいていいのかということになります。

確かに犯罪者は、刑務所で罪を償ってきたとしても、その罪は消えないし消せない。でも本人が反省をし、更生を誓って出てきたら、過去は変えることはできないけれども、自分と未来は変えられるんです。未来が変わってくると、実は過去も変わってくるんですね。

例えば、昔、御殿に住んでいました。今、橋の下に住んでいます。それが、昔、橋の下に住んでいました。今、御殿に住んでいます。となれば、「橋の下」が生きてくるんです。御殿に住めるようになった今、橋の下に住んでいたことを戒めとし、立ち直ったということですから、過去が生きたということです。そのためには、彼らが働くことができる受け皿が必要なんです。

経営・教育はマラソンとちゃうねん、駅伝だ

そういう思いの中で、就労支援をやってみたい。千房は実績を持っていますから、なおさらやってみたい。この話を最初に役員会議でしました。間違いなく賛否両論がありました。我々飲食店といえども人氣商売をやっていますから、お客さまに来てもらえなかったら会社は潰れます。「そんなん採用したら、お客さま怖がって来てもらえないかもしれない」と心配しているわけです。

確かにそういうお客さまもいるかもしれない。でも「いいことをしているね」と応援しようと言ってくれるお客さまもいるかもしれない。損か得か、プラスかマイナスか。それを考えたら、プラスマイナスでチャラだ。

でもこのことは企業として善か悪か、間違いなく善だ。

そこで幹部に言いました。「お前たち、悪いけど誰のおかげでここまでなれたか知っているか。私が、社長が、とか言うつもりはさらさらない。いろんな人たちに目をかけられ、支えてもらえたおかげで今があるのと違うの。俺もそうだ。振り返ってみたらいろんな人

たちに支えられたし目をかけてもらった。おかげで、今がある。経営、あるいは教育というのは、マラソンとちゃうねん。これは駅伝だ。自分のしてもらったことを次にバトンタッチしてあげたいと思わないか」と。

中卒でなければわからない劣等感をエネルギーに

私は貧乏人の子だくさん、7人兄弟の上から5番目の4男です。皆、非常に学業成績優秀でした。私のすぐ上の兄は、小学校、中学校でクラス委員や生徒会長していました。卒業間近には担任の先生が毎晩のように家に来ておられました。両親に「奨学金もあるから進学させてあげたらどうですか」と勧めるわけです。しかし兄や姉は、いずれも中学校を卒業して就職していきました。

私は勉強が嫌いで学業成績も悪い。しかも家が貧乏ということですので、中学校卒業して就職し社会人になりました。これは私にとっては超ラッキーだったんですね。

しかし優秀な兄はやっぱり学校へ行きたかったみたいです。ある日、実家に兄弟が集まった時、兄が母親に向って「親らしいこと何もしてないのに・・・」と言ったんです。母親が聞き返すと「周りはみんな高校へ進学したやんか。俺は中卒や。高校行かせてもらってない」との答えを聞いて母親は、一瞬絶句していましたね。

その一言で私は、高校に行こうと思ったんです。ちょうど私の長男が受験に失敗した時でした。担任の先生は私の女房に「息子さんはお父さんの背中を見て育っています」と言われたようです。親父は中卒でも元氣に活躍している。学歴はどっちでもいいのではと思ったのでしょう。でも学力は必要です。

兄は中卒でなければわからない劣等感、コンプレックスを持ち続けてきたんですね。実は、私は逆にエネルギーに変えてきたんです。なにくそ。今に見とれよ。でも、やっぱりどこかでいつも高校さえ行っていたら、こんな思いしなくても済んだのになということが度々あったんです。

その一つに、いろんな団体に入った時には、必ず経歴書を提出します。講演でもそうですが、間違いなく最終学歴があり、そのつど奈良県當麻町立白鳳中学卒業と書いてきました。でも、何で必要なのか、何か関係あるのか、学歴で何か判断されるのかと疑問に思っていました。けれども世の中はそうなんですね。高校に行けるものなら行こう思っていたのです。

それで受験したのが、通信制の大阪府立桃谷高等学校でした。４年間レポートを出し続け、スクーリングも出なければなりません。合格したのが37歳でした。今、私はそこの高校の後援会長をしています。

37歳で入学した高校生活、まさに青春でした

学校の先生はよく千房を知っておられました。その社長が入学したことで注目を集めましたが、20数年学問から離れていましたのでなかなかついていけない。しかも会社が全国展開まっただ中の時で時間がない。最初はなかなか馴染めませんでした。

スクーリングに行くと、学生たちは大半がジャージで来ています。私は仕事を終えて行くので、革靴でスーツ姿、しかもベンツ、これではあかんなと思い、あえて学校用のジャージを買いました。だんだんと学校に馴染むようになって、友達も増えていきました。

そのうちに「中井さんレポートどうしているんですか」「いやいや、遅れがちで大変なんです」「私の書いたやつ、見られますか」とかいってくれるんですね。

試験前になると、先生を誘って一緒に食事に行くんですね。もちろん我々も先生も大人

ですから、「先生ビール飲みますか」とかいって一緒にビール飲んで、「今度の試験、出そうな傾向はどこですか」「そんなこと言われへん」とかいいながら飲むわけです。

ある日曜日に、おふくろから自宅に電話がありました。女房が「学校に行ってる」と言ったそうです。夕方学校から帰ってからおふくろに電話すると、「政嗣、お前学校へ行っていたんやてな。誰の？」って聞くんです。私には子供が3人おりますが、「誰のって俺のや」「何で？」「何でって、俺高校行ってへんやんか」と言った時に、電話の向こうでおふくろ絶句しましたね。

年に何度か父親の墓参りに帰っていましたが、その度に「学校行ってんのか」としつこいほど聞きましたね。そして卒業式の日、誰に聞いたのか、朝一番におふくろから電話がかかってきたんですね。「政嗣、よう頑張ったな。卒業式やな。おめでとう」って。私は思わず、「おかあちゃんごめんな。俺嫌みで行ったんちゃうねん。許してほしい」。高校へ行って親不孝をしてしまったのかと謝りました。そして、無事に高校卒業しました。

260名の入学者が、1年の間に130名も退学。実際4年目に無事卒業できたのは42名という、大変重たい重たい卒業証書を手にしましたね。1人ひとり卒業証書を手にするんですけれども、それは泣きますね。

あれほど欲しかった学歴、手に入れた瞬間に、「ああ、高校ぐらいの学問は身につけなきゃあかんかったな」って実感しましたね。生きた学問をさせてもらったんです。その4年間の高校生活というのは私にとっては青春でした。修学旅行もありましたし文化祭も体育祭も全部ありました。一所懸命没頭しました。

その時一緒に勉強したのが私の三男です。私はご飯を食べ終わったらレポートを書くんですけど、その時三男が興味を持ってずっと私の横で勉強してたんですね。これが慶応大学に入って野村證券に一番で入りましたね。それが今の社長です。

そして、この高校を卒業したということに関して、実は周りに大きな大きな影響を与えることとなるんです。

就職なめたらあかんで

私のもとに不登校の子が訪ねてきたら100%学校に行きます。担任の先生や保護者から、どんな話されたんですかと聞かれるんですけれども、私は専門家ではありません。ただ社長をしながらなぜ高校に行ったのか。あるいは高校卒業して何を学んだのかということとをただ一所懸命話するだけなんです。

子供は親の言うことをなかなか聞きません。昔からそうです。でも近所のおっちゃん、おばちゃんの言うことはよく聞きます。聞いているうちに、あっ、親が言うていることと一緒やったんやと氣づくんですね。つまり私は近所のおっちゃんです。

高校を中退したら中卒です。中卒でも雇用してくれるお店ということで、先生や保護者が、「もう学校へ行かへんのやったら就職したらどう。千房さんが雇ってくれるから」というような安易な氣持ちで私の所に連れてきはるんですね。

本人に言うんです。「就職なめたらあかんで。間違うなよ。今なら友だちや親や先生がちやほや心配してくれるけど、社会ってそんなんちゃうで。○○興業で『明日休ませてください』とかいったら、『ずっと休んでていい』。社会はそれほどに厳しい。厳しい社会に出る勇氣があるんやったら、その勇氣を持って高校に行ったらいい。やっぱりあかんかった。その時にはいつでも迎え入れてあげる。俺は37歳で高校に行って親不孝したけどなあ」と。

自立の心が親父の死によって芽生える

千房の社訓に「出逢いは己の羅針盤　小さな心のふれあいに己を賭けよ　そこから己の路が照らされる」があります。それは私の体験から生まれた言葉です。

私は中学を卒業して社会人になりました。就職というよりも勉強から逃れたという氣持ちでした。まだ16歳、乾物屋での丁稚奉公です。親父が「どうぞこの人間を1人前の商売人にしてやってください」と私を連れていきました。昭和36年、初任給2、000円。2か月目から3、000円でした。

3月から働いて10月に父が亡くなります。「チチキトク　スグカエレ」、当時は電報でした。飛んで帰ったんですけれども、10分前に亡くなっていました。でも泣けないんです。親父から、「政嗣、1年間はどんなことがあっても家に泣いて帰ってきたらあかんよ」と釘刺されていましたので、帰りたいなあ、寂しいなあと思ったけど帰られへん。父危篤の知らせで「やっと家に帰れた」という、この感動なんですね。厳しさとか苦しさ、これは耐えることができます。でも寂しさだけは耐えられなかったですね。

ここから私の人生が始まるんです。私は親父を、どこか頼りにしていた部分があるんです。どの兄も就職してから家に仕送りしていました。それで就職の時に、「お父さん、俺いくら仕送りしたらいい」って聞いたら、「仕送りはいらんから自分で自立せえ」って言われていたのです。

この自立の芽生えが私の人生を変えていったのです。

同じ仕事でも志、捉え方で考え方が変わっていく

丁稚奉公を始めてから兄が、「小さな店でも独立しよう思ったら、カネ貯めなあかんわな。お金貯めるコツは簡単やで。お金はな、収入の高い、低いと違うねん。お金は使わんかったら貯まるねん」。私は思わず大笑いして「そんなん誰でも知っているやんか」と言いました。兄はさらに続けて、こう言いました。

「ちりめんじゃこあるやろ。口に入れたらすぐとける。食べたらあかんねん。ちりめんじゃこ餌にしてサバ釣れ。サバ釣ったら1日は食える。でも食べたらあかんねん。サバ餌にしてマグロ釣れ。マグロ釣ったら1か月食える。もう1回辛抱せえ。マグロ餌にしてクジラ

釣れ。クジラ釣ったら一生食える。」

もうひとつ「金銭出納帳つけろ」と言われました。学校の絵日記もろくにつけたことがない私、つけてたら1人前の商売人になれるのか。だったらつけようと、道で5円拾った、10円拾った、そんなものまで克明に記帳しました。

乾物屋には5年間お世話になりました。朝起きたら山積みされたじゃこを、底からさらいながらふるいにかける仕事があるんですね。頭が取れたり首が取れたり尾っぽが取れたりしたのは、くずです。残ったものだけが商品になります。

単調な仕事で、朝起きたらその仕事から始まるんですね。これがもういやだいやだと、じゃこの顔みただけでも腹立つ。そして、ある日のことです。

ふるいをひっくり返そうとした時に、網の目に2、3匹のじゃこが首ねっこで引っかかっている。取ろうとしても取れない。おもてからつまみ出しながら私、感動しました。

そのじゃこを見ながら、「お前えらいやっちゃな。よう引っかかっていたな。次にふるいにかけられたら間違いなく落ちてしまうで。でも、今日は特別に入れてあげるから」と言いながら拾い上げてきました。その発見から今まで見たこともなかった網の目のうしろが氣になるんですね。実はこのことが、落ちこぼれを採用する大きな動機になっているん

です
そして、あれほどいやだと思ってやっていた仕事なのに、その発見から仕事が大変楽しくなってきたんです。同じ仕事でも、志、捉え方で、考え方が変わっていく。じゃこの運命、俺のこの手で握っているんだ。忘れもしない、大発見した瞬間でした。

わからんかったら直接本人に聞け、素直になれ

こんなこともありました。お店は朝の8時から晩の7時までの営業で、6時頃になれば暇になるんです。周りのお店がみんな片付け始めたので、私も氣を利かせて片付けだしたら、奥から大将が出てきて、「お前何してる」「もう周り片付けていますので片付けているんですが」「うちの営業何時か知っているのか。7時や。まだお前6時やないか。そんなやる氣なかったら帰れ」とか言うんですね。

今の若い子たち、やる氣なかったら帰れとかいったらすっと帰ります。引き留めるの難儀します。

その時の私は、大将に言い訳や口答えをすれば怒られますから、それはできません。「申

し訳ありません」といって、また何日かたって6時になりました。周り片付け始めましたが、前に怒られているので私はそのまま店番していました。すると今度は、「お前何ぼーっとしてるの。周り見てみぃ。片付けているやないか。はよ片付けんかい。あほか」とか言うんですね。無茶苦茶な話です。泣きながら片付けました。

その時、私は「俺が大将になった時はこんなこと絶対せんとこ」と思いました。

それからまた何日かたって、6時です。周り片付けています。片付けても怒られるし片付けなくても怒られる。どっちにしたって怒られるので、自分で考えるんですね。どうせ怒られるんだったら最初から怒られようと思いながら、おそるおそる奥へ行って、「大将6時です。もう周り片付けていますけれども、うちは片付けた方がいいですか。もう少し営業した方がいいですか」と聞くんですね。

そしたらその大将がやさしい声で――その時分は、まーちゃんと言われたんですが――「そうか、まーちゃん、もう6時か。今日は暇やったから片付けようか」

その時、私思いっきり「はい」って言いましたね。いそいそと片付けました。

その時の教訓です。わからんかったら本人に聞けです。ああでもないこうでもないと迷うのではなくて、本人に直接聞くことです。答え出してくれなくてもヒントを与えてくれます。これは大きな教訓になりましたね。

丁稚で学んだことが、今の私の人生の全部ベースになっているんです。番頭もすばらしかった。番頭が「大将の言うことを素直に聞けよ。はいと言うのはもちろん、大将がな、カラスは黄色や言ったらどうする。はいって言えるか」って。考えました。でも僕は「カラスは黒です」と。「大将が言うてはるんやで、それでもか」。「申し訳ありません。カラスは黒です」

それに対して番頭は、黄色のペンキの入ったバケツからカラス取り出して、「これでもカラスは黒か」と聞くんですね。「ペンキで黄色になっているだけで、カラスは元々は黒です」と答えました。「そんなこと、お前に聞かんでも誰でも知ってる。元々は黒でも、目の前にいるカラスは黄色やんか。社会ということはこういうことがいっぱいあるねん。大将はそういうことを暗に教えてくれているようなもんだ。だから今まで常識で学んできたことを、もう一回考え直して、素直になれと言っているんだ。わかったか」

その時でしたね。変に納得して、夜店に行ったらピンクとか金色のヒヨコとかを売っているのを見て、ああ、このことや。常識外れてたかて一旦は頷こうと思いました。そういう経験を積み上げてきて、今の就労支援に全てがつながっているんです。

受刑者の就労支援を全部オープンにしよう

話は戻ります。さきほど経営、あるいは教育というのは駅伝だと言いました。全て私（社長）が責任取ろうということでやることにしました。経済というのは実は経世済民、「世を経《おさ》め、民を済《すく》う」ことです。また経営というのは、仏教から出ている言葉で「お経を営む」ことです。経済も経営も実はただの一言もお金儲けは書いてないんです。しかも効率とか合理性とか、そういう数字の部分は一切ないんですね。振り返ってみた時に、やってきたことはこの経世済民の経済であり、お経を営む経営だったということを思い出しながら、とりあえずやってみようということにしました。

そして、この取り組みをオープンにしようと考えました。昔から協力雇用主制度というのは言葉では知っていましたが、どこが雇用して、誰を採用しているのか全く知らなかった。しかし、この取り組みは、知らしめなければならない。

おかげさまでその当時、11年前ですけど、大阪では千房というお好み焼専門店、名前だけですけれども世間に知っていただいている。その千房が受刑者を雇用しているぞということを世に知らしめることが何よりも大事である。なぜなら受刑者の受け皿は社会だからです。オープンにすることによって、社会の受刑者に対する偏見を少しでも緩和させられればと考えたわけです。

私が道頓堀商店街の会長をしていた時に演芸場の中座が爆発炎上して隣の法善寺横町に燃え移るという火災が起きてしまった。道頓堀商店街から火を出したものですから、法善寺横町を元の形に復興したいと考えたんです。しかし狭い路地のために、消防法の規制がありそのままには復帰できないというのです。

元に戻すには、特区にするしかない。そこで私は、署名活動と募金活動の大キャンペーンの展開を考えたんです。いろいろありましたが、無事に元に復興できました。その様子を関西テレビがずっと密着取材していたんですね。

その関西テレビに電話して、「実は受刑者の就労支援を始めるんですけど、取材いかがですか」と話をしたのです。それで密着取材が決まり、早速法務省に「就労支援を始めます。つきましてはこの取り組みを全部オープンにしたい。テレビカメラが入りますけれども協力してもらえませんか」と申し入れました。

その時の美祢センターの手塚センター長が男氣のある人で、本来はアウトなのですが、

「わかりました。受け入れましょう」と取材を了解してくださいました。

刑務所での採用面接も取材、オープンにして良かった

就労支援をするということで、千房はＰＦＩ刑務所に採用募集をしました。すると13名が手を挙げたとのこと。「申し訳ありません。採用できるのは1人、もしくは2人に絞りたい。面接は4名にしていただけませんか」とお願いしました。

面接は刑務所で行うので、人事部長と2人で山口に泊まりで出かけました。1日目は男子2人、2日目は女子2人、面談時間は1人90分。「言いたくないことは言わなくてよろしい。けれども言ったからと言って合否には全く関係ない」と、根掘り葉掘り聞きました。私達は親代わりになり、身元引受人にもなり、住まいも職場も提供するからです。

テレビカメラは、最初の10分と最後の10分だけ、あとは受刑者と私と人事部長の3名で面談を行いました。4人とも泣かされましたね。全ては家庭崩壊でした。

家庭崩壊している所は全部犯罪者になっているかと言えば、決してそうではありませんけれども、昔「こんな女に誰がした」という歌がありました。つまりこんな人間に誰がし

たのかと思った時に、100%罪をとがめることができませんでした。

結論は男子2人に内定を出しました。女子2人ともいい女性でした。2人には面接の時、「もし内定できなくても仮出所したらいつでも訪ねていらっしゃい」と話しておりました。1人は会いにきました。1人は手紙をくれました。2人とも共通して言ったのが、千房で雇用された2人がうらやましい。なぜならば私たちはいまだに履歴書偽っています。過去を伏せています。いつもおどおどしています。でも千房さんで雇用された人たちというのは全部受け入れられている。

その言葉を聞き、手紙を読んだ時に、ああ、オープンにしてよかったなと思いました。ただし、やみくもにオープンにするわけではなくて、これは伏せた方がいいと判断した場合は伏せます。だけど基本的にはオープンが大前提です。

取材が終わり、いよいよ刑務所で受刑者の雇用が始まったというのがニュースで流れることになりました。それと並行して、読売、毎日、朝日、産経、四大紙全てから取材依頼がきました。テレビが先行しているのでテレビ放映後に掲載をお願いしたいということで、全て取材を受け入れました。

ニュースで放映された後も、ドキュメンタリーで続くことになっていたので、取材は続きます。私はオープンにしようと覚悟をきめたけれども、やっぱり放映されるのは正直怖かった。これでお客さまがお店に来てもらえなかったら、会社は潰れます。私が従業員に土下座しても収まりがつきません。

「放映をやめてください」「掲載をやめてください」と、ほんとに口から出かかるんですが、その度に、この取組みは決して悪いことではない。仮にこれで会社が潰れるようなことがあれば、こんな日本もういいと腹くくったんです。そして、第一弾が流れます。

その明くる日、新聞四大紙全部掲載されました。あっちこっちから電話が鳴りっぱなしでしたね。ファックスやメールがばんばんきます。たった1人だけ匿名でしたけれども、嫌がらせがありました。あとは全部よくやったと、大きな大きな励ましをいただきました。この時に初めてああ、オープンにしてよかった。と同時にまだまだ日本も捨てたもんじゃないということを確信しました。そこから一氣に自信がつくんですね。

更生しかけたかに見えたのに…ドロン

やがて1人が仮出所しました。2人目も仮出所しました。これも全部ドキュメンタリーで取材続いています。1年たち、2年たち、立派に更生していきました。やがて主任の昇格認定試験に挑んできました。見事合格しました。主任になればレジ締めをします。まじめに働いているかのように見えていました。

ところがある時相談があります。彼は結婚していて、刑務所に入ると同時に離婚した。子供が2人います。子供に会いたいと元妻に電話したら会ってやってほしいと言われた。子供が自転車ほしいなど、「社長、お金を貸してくれませんか」ということだったので貸してやりました。

これも全部彼にテレビの密着取材が入っていました。でも残念ながら墓参りするところだけ映って、子供と、あるいは妻と会う場面はありませんでした。

そうこうする内に彼女ができました。今度はその彼女の名義でサラ金かどこかで250万ほど借りていた。パチスロです。彼女に返済するので貸して欲しいと言ってきたのでお金を渡しました。しかし彼女に返さないで、それもまたギャンブルにつぎ込んだんですね。

そこから別の彼女ができて、妊娠したので堕ろす金がいるという。その時に初めて氣づいたんです。罪名、詐欺窃盗ですけど、ギャンブル依存症が特記されていたことを。

それで、ちょっと氣をつけないと、と思っていた矢先にドロンです。何と売上金も持ち逃げされていました。その後、連絡も取れて、子供もいるのであまり強制するのもしのびないと思って、返済したら咎《とが》めないからということで、いくら返せると聞いたら5000円ぐらいということで合意したのですが、一回だけの返済で終わっています。

もう会社が大混乱しました。でも、もう片方がまじめに働いていました。でもこれだけ社長が信頼して、周りも信頼していたのをことごとく裏切られてしまった。それみたかみたいな、口では言いませんがそんな意見もあったように聞いています。

職親プロジェクトの誕生

平成25（2013）年、もうこの取り組みやめようかとか言っている矢先に、日本財団から、「積極的に雇用してくれるよう、千房さん、受刑者だけのお店作りませんか。費用は全部日本財団が出しますから」と話がきたんです。

いやいや、うちはお好み焼きを売っているだけじゃなくて、夢とロマンも一緒に売っているんです。もっと力がついてきたら別ですけど、まだそこまでいかない。それよりも何よりも今会社が大混乱しているんです。これ以上、受刑者の雇用を続ける自信がないという氣持ちでした。

けれども1人働いていますし、せっかく取り組んだ話ですし、ここで止めることももったいない。テレビでも新聞でも報道され、「すごいことをやっているんですな、中井さん」と親しい人から何件か電話をもらっていました。それでこの人達に、「一緒にやりませんか」という声をかけたら、千房を含めて7社がやりましょうとなりました。

日本財団からの助成金の金額は、月8万円、6か月、48万ということで決まりました。規約とかは、私と日本財団の2社で決めました。

そして取り組みをオープンにする。殺人、薬物、性犯罪、これは外そうとしました。今は、企業の裁量に任すということになっています。

それからこの取り組みも全部オープンにして始めました。参加企業は名の通った会社ほどありがたい。大阪で有名な串カツのだるまさん、蕎麦屋の信濃路さん、焼き肉屋の牛心さん。船場吉兆の次男さんが独立された料亭湯木さん、建設会社のカンサイ建装さん、美容室のプログレッシブさん。

それが約6年前、7社が一緒になって世界で初めての職親プロジェクト、職の親としてのプロジェクトが誕生したのです。

オープンということで記者発表しました。それが全国ネット、NHKでも報道されて、早速東京の日本財団の方に問い合わせが殺到しました。それで東京職親プロジェクトが誕生し、福岡に、和歌山に、そして新潟に誕生し、現在北海道帯広、札幌、それから愛知、徳島、今準備中というところまでこぎ着けています。

今（令和元年10月現在）全国で135社、すでに雇用したのが延べ200名以上、ちなみに千房では38名雇用し、現在10名が働いています。それ以外にこの取り組みをやってから児童養護施設から2名、これは女の子ですけれども最近入ってきました。それ以外に今3名に内定を出しています。

「怒ってばっかりでほんとに申し訳なかった」

職親プロジェクトが誕生してちょうど2年目ぐらいに、長男が亡くなりました。私は3人の子供には自立してほしいと思っていました。長男は後継者、次男はやさしい子だったので鍼灸の道を勧め、大学卒業してから柔整と鍼灸の国家試験を取って今は勤務医をしています。三男は私と一緒に勉強をした今の社長です。

長男は大学卒業して3年勤務した銀行を退社して千房に入社しました。下働きから覚えさせたいと現場の店長に、「社長の息子というのは一切考えなくていい」と伝えました。店長はそれを守って新入社員と同じように対応してくれました。本人が結婚し、子供も3人できるんですけれども、私への反発がありました。それでも私は徹底的に厳しく指導しました。

自分で独立したいというので、2年ほど私から離れましたが失敗して戻ってきました。社交的ないい男だったんですけれども、やっぱり社長の息子ですから周りからちやほやされるんですね。夜な夜な飲んでいて、嫁さんから「夕べ帰りませんでした」と聞くのも度々で、「夕べどこへ行った」と、朝から怒ってばっかりでしたね。

一向に直らず、やがて体調がおかしくなっていきました。病院の結果を聞いても「大丈夫です」と言うだけなので、無理矢理病院に連れて行ったら、もう手遅れでした。肝硬変です。余命わずかと聞かされました。

そう言われて私は、三男に「後継者として戻ってきてくれないか」と電話しました。二つ返事で、戻ってくれることを約束してくれたのが12月でした。

その翌年の4月に長男は吐血して入院、1か月間の入院生活でした。その間私は、仕事が終わったら毎晩息子の病院に見舞いに行きました。そして最後、息子の顔をのぞきながら「お前には怒ってばっかりでほんとに申し訳なかった。許してくれよ」と謝りました。

そして家族が見守る中で亡くなっていったんです。その晩、お坊さんに「彼は大変賑《にぎ》やかなのが好きでした。と同時に、44歳、年齢的には若いですけれども、生まれて44年間、彼なりに精一杯生きてきたように思う。だから拍手で見送ってあげたい。そんなのありですか」って聞いたんです。

そのお坊さんは「そんなの聞いたことも見たこともないけれども、旅立つということに関して拍手で見送るというのは決して悪いことではないように思う。それはもうそれぞれのご家族の考え方ですから」ということでした。

「わかりました」ということで、告別式の最後、喪主の挨拶の時に、「長男は44年間精一杯生きてきました。どうか拍手で見送ってやってほしい」ということをお願いして、いよいよ出棺になりました。霊柩車が会場から出ようとしたとたん、弔問客が700人ぐらいいらっしゃったんですけれども、一斉に拍手が響きわたり、私、鳥肌立ちましたね。息子に「聞こえているか」って言いつつ見送りました。これは朝日新聞の囲みの記事に「見事だった」と載りました。

職親プロジェクトを会社の社会貢献の柱とする

5月に長男が亡くなって、7月に三男が千房に専務取締役という形で入社しました。最初の全国店長会議の席上で、専務として自分はこういう志でやるという経営方針を発表したんですね。

そのうちの1つですが、「創業者が肝いりで取り組んでおられる職親プロジェクト、受刑者の就労支援を会社の社会貢献の柱にします。この方針に異を唱える者がいればどうぞ転職していただいて結構です」とはっきりと言ったんです。私ですら面と向かって宣言できなかった言葉を、息子は堂々と言ったんですね。これで会社が一氣に一丸となりました。もう何の遠慮もいらない。そして営業部長自らが受刑者の面接に参加することとなりました。中には不安に思う現場の店長がおりました。なんとこの営業部長はその店長を面接に連れていきました。

その時に不安に思っている店長が私に言いました。「社長、もしあかんかったら断ってもいいですね。内定出さなくてもいいですね」「もちろん結構です」ということを確認しながら面接に挑んでいったんです。けれども、ただの１人も不採用を出した店長はいません。店長が行ったら１００％内定を出してきました。つまり面接している内に、何でそんなことしたの、何で、何でと聞き続けていくうちに、罪をとがめられなくなるんです。それで内定を出すんですね。

だけれども、平氣で裏切っていくことが最初の頃はたくさんありました。これは氣合いが入れば入るほど、私どもがしつこいほど関わっていくんですね。今から思えば、それが彼らのプレッシャーになっていったんでしょう。期待をかけすぎていますから裏切られて、裏切られて、心が折れそうになることもなんぼでもありました。

ところが、だんだん、1年たち2年たち、失敗も繰り返し、おかげさまで金銭的な問題は最初のうちに熱い灸を据えられていますから、もうその心配はないです。最初の失敗を生かしながら、「お金は最初から貯めろ」「ギャンブル大丈夫か」と声をかけながら金銭出納帳をつけるよう指導し続けています。

共に苦労して職親プロジェクトに取り組む仲間

また一方で、一緒に職親プロジェクトに参加してくれた企業が、大変な目に遭っている場面を目の当たりにしました。その時、ほんとに声をかけて申し訳なかったという思いでいっぱいになります。

しかし大変な目に遭っているうちの一人が、「いい勉強させてもらっています」と言ってくれたんです。それが草刈健太郎君です。彼は令和元年10月に、小学館集英社プロダクションから『お前の親になったる』を出版しているのですが、妹さんが殺されている被害者なんです。その時私は、それを知らなかったのです。彼から「いい勉強させてもらっています」という言葉を聞いて、声をかけた私がしおれていてはだめだ。彼も頑張っているんだから、「自分はもっと頑張らなあかんねん」と自分を奮い立たせました。

そうやっていくうちに、今度は千房で雇った者が飛んだり（姿を消す）、私の心が折れたりする話を職親プロジェクト連絡会議で発表するんですね。それによって、うまくいかない話や失敗したことなどを、みんなで共有することができ、心の負担が半分になるんですね。

また、その中で成功事例も徐々に聞くようになりました。飛んだけれどもまた帰ってきたとか、別の職親企業に転職して頑張っているとか、そういう成功事例の話もみんなで共有することができ、その時には喜びが倍になるということも味わっています。

今、職親プロジェクトが誕生して6年になっていますけれども、もう今は多少のことではびくともしません。動揺しません。受けいれる側が強くなってきたんです。深い情が受刑者を見守っています。だから何があってもどうってことないんです。ブレません。

今うちが手を離すと間違いなく犯罪に向かう

私どもでは、今まで雇用してこなかった薬物の女性（38歳）を、今年の8月に雇用しました。店長が面接に行って店長の裁量で内定を出しました。

その彼女、時々幻覚症状が起きるんです。誰かに追っかけられているとか、部屋に入ってきて財布盗まれたとか……、お金は全部自分が使っているんですけどね。

それで周りが怖がっていたんです。そこにタイミングよくというか、セコムさんが高齢者見守りサービス用にコミュニケーションツールロボットを開発したんですね。それでモニターを探しているというので、彼女の了解を得て使ってもらうことにしたんです。

ボッコ君（ロボットの名前）に声をかけると、ちょっと時間差はありますがちゃんと答えてくれるんですね。あくる日、彼女に「ボッコ君、どんなん」って聞いたら、「いやあ、いいですよ。けども夕べ、10時頃になったら――ほんとは24時間対応するらしいですけれども――もう寝てください」と答えたと言うのです。ボッコちゃんが嫌がったんですね。

実は、問いかけに答えているのは人間なんです。あまりにも彼女がしゃべりすぎて、もう疲れたんでしょうね。それでも彼女は、その後も精神的に助けられているらしいです。

その彼女に娘がいて、自分が刑務所に入った時にぐれてしまい、結局児童養護施設に収容され、そこで中学卒業後アルバイトをしていた時にトラブルを起こして、今は子供センターで収容されているというのです。「ほんならうちで採用しようか。それやったらお母さんも安心やし」と面談したら、明朗快活な子で、ええ子やなということで即身元引受人となって引き受けました。

そのとたんに、高校に行きたいというので、私が後援会長をしている高校を紹介したのですが、自分が元住んでいた京都の高校に行きたいというので認めました。仕事はまじめに働くんですが、1人になるとさみしさがつのる。

彼女には、児童養護施設からうちに来ている子の部屋（寮）に、一緒に住んでもらっていたのですが、ある時その家主さんから電話がかかってきたんです。「女の子2人、男を連れ込んでどんちゃん騒ぎをやって、夜中の4時、5時、近所から何度もクレームの問い合わせがきている。何とかしてくれませんか」と。

人事が飛んで行ったら、もう10時ぐらいでしたけれども、なんと男が1人隠れていたんです。ほんとはもうこれで2人ともクビです。しかし、2人とも行く所がない。厳しく指導しながら、ともかく1回だけ目つぶって、再出発をさせたんです。

けれども、3日前からその娘はドロンです。この子の行き着くところは犯罪です。今うちが手を離すと、間違いなく犯罪に向かっていきます。今、本人と連絡が取れない状態ですが、人事の方には社長特命として受け入れてくれというふうに話を収めています。

お母さんにその旨を伝えました。言ってみたらこの子は、親が歩んだ道を歩んでいるのです。子は親の言うことは聞かへんけれども、不思議に親の後ろ姿をたどっていくんです。「だから今こそお母さん、立ち直らなあかんねん。一刻も早く自立できるように、お金を貯めて頑張りなさい」と励ましています。これ夕べ（11月15日）の話です。もう1人の養護施設から来た子は、今まじめに働いています。

目の前で人生のドラマが展開する

まさに職親プロジェクトというのは、私どもの経営理念にある「マナアの心」なんです。つまり「マ」真心…思いやりと奉仕の心、「ナ」仲間…信頼と友情、そしてファミリーの心、「ア」味…食哲学の革命、それは味に楽しさを盛り込んだ心、このマナアの心を基盤に置き、将来にわたり堅実な会社運営を行おうというものです。

ある店長から、新入社員で遅刻はするし、素直じゃないし、出来が悪いのでクビにしたいと申し出がありました。採用するのは店長の裁量ですが、クビにするには社長の決裁がいるんです。事情を聞いたら、確かにクビに値するような子でした。「わかりました」と一旦、話を受け入れてから私の思いを話しました。

千房の経営理念に、なんて書いてあるのか知ってるか。その中に「ナ」仲間…信頼と友情、そしてファミリーの心、がある。その最後のファミリーの心、あれは、伊達や体裁で書いているのと違うねん。採用したら家族だ。出来が悪いからいうて子供を見放す親どこにいてんのん。あの言葉は実践してこそ初めて光り輝くものだ。実践もできないような理念であれば、抹消しろ。抹消したら許可する。抹消できないんだったら許可できない。間違うなよ。実践してこそ初めて光り輝くものだ。

店長の裁量で抹消などできるわけがないんです。結論はクビにできませんでした。それで店長は、どうしたらまじめに働いてくれるのかを一所懸命考えるんです。やがてその新入社員は店長になり、やがて幹部になり、そして独立していくんですね。人間は変わることができるということです。

つまり相手を変えるというのは「できない」。けれども「自分は変えられる」。つまり相手を変えられなかったら、自分を変える以外はないということを、店長が氣づき一皮むけたんですね。

職親プロジェクトをやっていく中で、いろんな生々しいドラマが目の前に起っています。それを見ながら、1人ひとりの人生を預かっていると実感します。この人を今見放したら間違いなく犯罪者になる。関わった以上、見放すことできるわけがないです。

取り組みの数が増えてくれば増えてくるほど、いろんな問題が目の前に現れてきますけれども、これほどやり甲斐、生き甲斐のある仕事はありません。つまり私の手の中に入ってきた子を、見放すのか、それとも寄り添うのか。私の想いひとつで、この子の人生が救えるんです。と思った時に、すごいこと今やっていると思います。

会社がいくら儲かったかてお金では買えない喜びがあります。ひとりの人間が立ち直っていった時のこの喜びというのは何事にも代えがたいですね。しかも、今、目の前で起っていることをタイムリーにジャッジしているわけです。これを人事が見ています。あるいは総務が、現場の営業が、会社がどんな判断をするのかを見ています。

これを人情裁きと言うかどうか、彼等から直接に聞いたことはないですけれども、仮に私が社員の立場だったら、こんな熱い会社ないなと思います。だから私が社長の時に、入社式で毎回言った言葉を思い出されます。

「あなた方は本当によい会社に入社しました。間違いなく私はあなた方の社長です。あなた方を両手を広げてお迎えしました。ご安心ください。どんなことがあっても見捨てはいたしません。だからよい会社に入社したということを言っているんです。入社おめでとう」

職親プロジェクトは、そういう者たちとふれあうことによって、現場の店長をはじめ、彼らに関わっていく人たちの人間づくりになるんです。教育とかそんなものじゃなくて人間づくりです。何事にも代えがたい、ありがたいことを実体験で学んでいるんですね。

長原さんに一言「いろんなことが目の前に起こります。何があってもぶれないこと。一緒に頑張りましょう。」

取材後を終えて（千房本社）
右：中井政嗣会長　左：長原和宣さん

第7章　帯広市養護教員会研修会での講演

感じのいい人間になる

令和元（2109）年7月3日、長原さんは帯広市養護教員会研修会で講演を行った。長原さんの生き方がよく伝わってくると感じたので、その要約を紹介したい。

学歴もないし勉強もしてこなかった、昔、やくざ者でどうしようもない、そんな人間でした。自衛隊に入隊してからは、定時制高校も卒業し少しはまともな人間になったと思っていたのですが、20代の後半で覚醒剤中毒に陥ってしまいました。

しかし人生って面白いというか、この世の中というか宇宙というものは有り難いなあと感じています。過去の失敗――私は失敗とは思っていませんが――世間で言う失敗や善くないことの体験は、決して失敗ではなく、得たこと、氣づかされたことがあるからです。

世の中には、何となく学歴や、能力や、技術主義の考えが強くあるように私は感じています。もちろんそれが備わっていれば申し分ないし、その能力を高めたり技術を向上させることは立派なことです。しかしそれだけでは、うまくいかないということも、体験の中で私は教えていただきました。

それは何かと申しますと、人は常に人対人の交わりの中で生きています。相手は常に人間であり、そこで問われるのは学歴などではなく人間だということです。それが世の中で求められる本質であって、人間を高めていくことが一番重要であるということも氣づかせていただきました。

後で述べますが、私がやっている更生活動も、この人間が基本になっています。

ここで言う人間とは、人間として当たり前のことができるかどうか、と考えています。元氣よく挨拶ができる、笑顔が出せる、約束を守ることができる、素直さがある、人のことを少しでも氣にかけて、何か役立つための手を差し伸べることができる。

同時に、自分の携わることで学ばなければいけないスキルや技術というものを習得していって、立派な社会人になっていくと感じているわけです。

ですから、いつも私は「感じのいい人間になっていく」ことが大事だと話をしています。

さきほど、更生活動をしていると話をしましたが、このことを少年院がメインですけれども、全国の少年院や刑務所でも熱く語っています。

世の中で生きて行く上で何が大事と言えば、感じのいい人間になっていく。これが私の答えです。私はそう考えているのですが、間違ってないと信じています。

強い精神力を持つ人間になる

私は、中小企業の経営者になって、今年で20年目になります。中小企業の社長は、どういう人を採用するか。それは、能力や技術があるに越したことはないですが、やっぱり感じよさです。これは、私全国いろんな所に行かせていただいておりますけれども、どこへ行っても変わりありません。

結局、世の中は贔屓《ひいき》されて、かわいがられてなんぼということです。少年院では、「感じのいい人間になる」と黒板に書いて説明します。感じのいい人になるとは、かわいがられて、贔屓されてなんぼなんです。そういう自分になるんだということを力説します。これが更生するためのキーワードです。

それだけでもまだ落とし穴があります。生きていく上でいい時もあればそうでない時もあります。いい時は問題ないのですが、そうでない時に、いかに自分が潰れないかということが大事です。

これは、実際に体験しないと分からないことですが、なんぼ頭の中で潰れてはならないと理解していても、いざ自分が問題や課題、逆境や困難に直面した時に、人間ですから自分に負けないことは、なかなか難しいものです。でも、そういう時ほど、いかに潰れないかということが大事になってきます。

要は心を強くするということです。まとめますと、

・人間として、当たり前のことを当たり前にやれること。
・贔屓されてかわいがられる感じのいい人間になっていくこと。
・さらに強い精神力を持てる人間になるということ。

これらが人間として生きていく上で、強い立派な人間ではないかと私は考えています。

本音でしゃべられる会社づくり

人間は、両親の下で生を受け、この世に誕生し、かわいい時期、幼少期を経て育っていきます。そこから両親を含めて、どういう環境の中で、どういう育て方をされていくかで

育ちが違ってきます。またどういう人と出会うかによっても、大きく人生が変わっていきます。

私は少年院では、このようにお話しします。

「みんなは、悪いことをしてここにいるけれども、100%皆さんが悪いとは私は感じないし思わない。やってはいけないことをやったというのは確かにいけないことです。しかしそのようなことになってしまったのは、やはり私達、親を含めた大人の問題だと私は感じるんです」と。

私は再婚して、家庭もやり直しをする機会を天から与えていただいており、私も今、子育てをしながらその難しいところも感じています。

子供を1回叱って分かるんだったら、こんな楽なことはありません。また、叱って分かる子供もいるでしょうが、それよりも私は、子供に考えさせることが大事だと考えています。

子供が悪いことをしたから叱るというのは、よくある話です。しかし叱られた子供は、どうしても反発してしまいます。もちろん、それで直る子供もいますが、そうではない子供の方が多いと思います。

となると今度は、どうしても親の方が感情的になってしまいます。私達大人もそうですが、人から叱られたりするのは嫌なものです。

ですから私は、問いかける、伝える、語りかけて考えさせることを大事にしています。それを繰り返すことで本人に氣づかせる。1回でだめだったら2回、3回、4回、5回とやります。結局は教育って根氣が必要だと私は思います。

教育者ではない私が勝手なことを言っているように聞こえている方もいらっしゃるかもしれませんが、私も更生保護を通じて前科者を、約この5年で30人ほどを雇用させていただいています。その中で私は、実感しているのです。本当に子供みたいなもので可愛いいんです。

うちの会社は、不平不満、愚痴のない会社づくりをやっています。それを始めて8年経ちますが、以前の私は傲慢経営をやっており「俺の言うことを聞かないとこの会社にはいられないぞ」と言っていました。

社員はたまったもんじゃない。とうとう私に反旗を翻すという事件が起きました。その事件で私は、また重要なことを得たのです。本物の組織を作ることが、いかに大事であるかということです。

私は、考えました。どうやったらいい会社を作れるのかなと。やっぱり、本音でしゃべられる会社であること。それには何でも言える環境づくりをしなければと。

組織はそうあるべきだと私は結論づけたのです。

そうなるように努めてきました。今、うちの会社はそういう空氣に変わり、社風になれたかなというふうに手応えを感じるところでまできています。

とにかく本音で向き合う。本音で自分も言うし、相手からも言ってもらう。こういうコミュニケーションづくりができるかどうかです。

ここにたどり着くまで、相当な膿を出す作業を根氣よくやってきました。

結局は同じ人間と接している

どこでそれを感じるかと申しますと、雇用した人の中には刑務所に2回もいた、3回もいた、4回もいた。多い人だったら刑務所に6回いた。その前に少年院に3回いたという人もいます。そんな人に対応しているわけですが、同時に私の家族、小学校4年生と2年生がいますので、その人と向き合う中で同じ感覚を覚えるのです。

何が同じかと申しますと、結局は同じ人間と接しているということです。ただ経験や年齢が違うだけ、というふうに私は受け止めています。

昨年、お陰様で私は全国いろんな所で80回ほど講演させていただく機会に恵まれました。そこで、いろんな方々からいろんなご質問を受けます。全国のどこへ行っても同じなんだなと感じます。それはコミュニケーションということです。

だから私が会社経営の組織作り、人との関わり方なんかをお話をすると、とても真剣に聞いてくださって、興味深く聞き入ってくださります。

結局人と接する時は、他人の子供でも自分の子供のように接する。皆さんもそうだという氣がしますが、全くその通りなんですね。

私は基本的に他人と接する時は、「相手が自分だ」と思って接しています。もうこれは私の習慣になってきています。

どうしても人というのは、自分、自分、俺が俺がというふうになってしまいがちです。

どうしても目先のこと、自分のやるべきことに一所懸命になってしまって、なかなか周りが見えないということが往々にしてあります。

「相手が自分だったら」という観点で接するようになると、このことは自分は嬉しいと思うけれども相手は不快に感じないだろうかと考えてしゃべるようになります。また立ち居振る舞いにしても、相手が自分だと思えば、自分がどういうふうに振る舞って、相手が不快にならないようにとの判断基準ができてきます。

そういうことを私は、100%達成できるように日々目指して生きています。

子供の立場になって考えてみましょう

「相手が自分だったらという観点」ですが、私が氣づかされた1つの事例があります。人は、1人ひとり生きています。もちろん私もその1人です。例えば、目の前にAさんという人がいたとします。Aさんは、私と同じように人間として一所懸命、夢を持って生きている人間です。

私も夢を持って一所懸命生きています。

そう考えると、同じ人としてAさんを見下すことはできないし、軽蔑してもいけないし、また特別な変ないい意味でも悪い意味でも特別に変な扱いをしてはいけない。同じ人として接していかなければならない。そう氣づかされた瞬間があったのです。

相手の夢を尊重し、応援していかなければならないわけです。

結局は、全てはコミュニケーションが大事だということです。それには本音で向き合うことが大事であって、――怒ってはもちろんいけないですけれども――叱ることもちょっとクエスチョンだなと私は感じます。

とにかく相手と心が通じ合うように、自分の思いを伝えていく、語りかけていく、話しかけていく。それが現実の中では、なかなかできていないように思います。

お父さん、お母さん、学校の先生にしても、言い訳になるかもしれませんが、忙しいんですね。確かに忙しい。しかし子供の立場になって考えてみましょうか。

ことあるごとにその子供はお父さんお母さんや学校の先生から、心が通じないまま指摘されることだけを言われていたら、その子供はどう感じるでしょうか。

当然、人というのは自分のことを話したい。そして自分のことを聞いてもらいたい。そう思っています。いろんな話をしたいのに聞いてくれない。会話もない。それなのに、「これはこうなんだからこうするんだよ」とかばっかり言われたら、子供だって「なんだかうざいな」と感じてしまうと思います。

悪い道にさそわれて嫌だと断る勇氣がなかった

私ごとになりますけれども、中学校へ入るなり勉強できなくなるから野球やめなさいと母親から言われました。「はい」としか言えない家庭環境だったので、その一言で野球を止めました。そこから非行の道にどんどん入っていきました。母親の一言は、母親の愛情と受け止めています。

あの当時、中学校の入学式の日、もの凄い怖いお兄さんやお姉さんがたくさん校門の前にうろうろしていて、ここは学校かなと思うような、本当に恐怖を感じました。

野球をやめさせられて時間が浮きました。コインスナックだとか喫茶店に行って怖い先輩がいないかを見計らって、いないと思うとインベーダーゲームをやるんですが、夢中になっていたら先輩が来て出くわすんです。

「わあ、やべえ、怖《こえ》な」と思いつつも、ゲームはやめられない。そうやって先輩から目をつけられて、「こいつカネ持ってるな」とか、「こいつ同じ仲間にしてしまおうぜ」みたいになって、どんどんどんどん悪の道に引き込まれていきました。

怖い先輩であればもちろんのこと、同級生でも喧嘩が強いとか、迫力ある人には私は意思がなかったので、どうしても従ってしまう。従わないと自分がやられてしまうという感覚です。

ですからこれも、ことある機会でお話させていただくんですけれども、本当に子供達に持って欲しいのは「正しいことを正しいと言える勇氣」です。嫌なことは、嫌だと言える、こういう人間に私は育っていって欲しいと思っています。

いくら頭よくたって、いい学校を出たって、自分の意思表示ができないというのは、大きな欠点です。人生、長いスパンで考えますと、意思表示ができないと、絶対どこかで落とし穴に落ちてしまうのではないかと感じています。

私はその落とし穴に落ちて、「嫌だと断れない」ことを繰り返していきました。例えば、「長原シンナー吸いにいくからお前も来い」「タバコ吸いにいくからお前も来い」「万引きしに行くからお前もついてこい」「隣の学校に殴り込みにいくからお前も来い」「あいつ氣にいらないから焼き入れてこい」もしくは「下級生から喝上げしてカネ集めてこい」と言われるわけです。

怖いから断れなかったんです。断ることによって自分がやられる。いじめられる。仲間はずれにされることの方が怖かったんです。だからそれを続けていって、暴力団までいってしまったんです。

とにかく恐怖におびえていました。断る勇氣がなかったために、私の場合、中学生時代、自分を守るために、無意識にとことんいくしかないという感覚になっていきました。ですから、お父さんやお母さんには、本当に迷惑をかけたと感じています。

高校生でヤクザに、中退して自衛隊で8年

中学校の時です。進路指導の時は「お前に行く高校はない」と言われました。また「お前はいいわな。親の学校があるから」とも言われました。進学のことなど真剣に考えていなかったので、答えようがありませんでした。

結局は、お祖父ちゃんが設立した白樺の体育コースに入学が決まりました。もし体育コースがなかったらアウトだったと思います。

あの当時、理事長がお祖父ちゃんで校長が父の兄でした。毎日職員会議に出てくる問題児の生徒の名前は「長原和宣」なんですね。

あの当時、高校時代で停学を受ける原因というのは、タバコだったり、アルコールだったりが一般的な原因かなと思います。

私の場合は、暴走族で暴走をやっていたとか、やくざの露天をやっていたとか、暴走族、やくざ絡みのことばかりだったんです。これは笑い話ですが、ある七夕祭りの時、露天をやっていたんですね。見るからに、私はやくざだと分かりました。

ねじり鉢巻きで、ハレハレという空氣を入れて膨らますビニールの風船を売っていました。そこに先生が通りかかって「おい、長原、元氣か」と声をかけてくれたんです。先生は、てっきり私が退学になっていたと勘違いしていたんです。いつ退学されてもおかしくないくらいの悪だったのです。

ですから私は、普通の生徒だったら1年生の秋ぐらいには退学になっていたんじゃないかなと思うのですけれども、理事長のお孫さんだからということがあったと思います。3年生に上がって1週間まで在籍させてくださりました。

暴力団もやめることができて、そしてまじめにやろうかなと思った矢先、学校も力尽きてしまって退学になってしまい、陸上自衛隊に行くことになりました。私はこれが本当によかったと思っています。

自衛隊に入隊して8年たった時に、更生が目的で入隊したので、高校も卒業して自分もある程度まともになれたので、そろそろいいかなと思って辞めました。

自衛隊で得たことは何かというと、大型免許と体力でしたので、必然と体力勝負の佐川急便という所に行きました。昔、飛脚君というトレードマークがあり、それがかっこよくて決めたんです佐川急便さんの三島店でした。

そして運送業を転々としていって薬物中毒になっていきました。

悪いことに対してはしっかりと断る勇氣を持つ

私は覚醒剤で逮捕され、取り調べの時に刑事さんから「長原いいか。再犯率は9割だぞ。薬から離れられてまともになれるのは男性で1割しかいないんだぞ。女性で2割だ」と言われました。

その時には、「やめれます」なんて、話を合わせて言ったような氣がします。釈放されてやり直すために静岡から帯広に戻りました。それは、帯広で悪いことをやって静岡で更生できた感覚があったので、今度は帯広に戻ってやり直しができると考えたわけです。するとと不思議なんですね。最初の数年間は、昔の人から「長原持ってるぞ」とか「長原持ってないか」というような電話があるんです。どこで私の電話番号を知ったのか、私が帰ってきたことを何で知ったのか、本当に不思議で分からなかったわけですけれども、そういう電話だとか誘いは、いっぱいありました。

けれども全部断ってきました。そうすると誘いもなくなってきます。自分から行かなければ誘いはなくなるということです。ですから、悪い誘いがあった場合には、お子さん方もしっかりと断る勇氣が大事だと思うわけです。

ふらふらっと中途半端にしておくことは、よくありません。私は、小学校、中学校、高等学校で薬物乱用防止の話をさせていただいておりますが、その時にこういうお話も生徒さんにさせていただいております。

薬物の恐ろしさを伝えると同時に、悪いことに対しては、断る勇氣が必要です。しっかりと断らないと、相手はずっと誘惑を投げかけてきます。嫌なものを、私みたいに意思がなく、恐ろしいから、断れないからなんて、1回乗っかってしまうと、どんどん深みにはまるのは、自分なんです。

だから嫌なものは嫌だと言える勇氣を持って、また自分が言えないんだったら例えばお父さんやお母さんに言ってもらうとか、学校の先生に言って手伝ってもらうとか、とにかくよくないことであればあるほど、そうしていかないとどんどん悪い方向にいってしまいますので、そこは学校ではお話させていただいております。

自由を採るか、また不自由な場所に戻ってくるか

私、釈放される前に牢屋の中にいて感じたことがあります。人間、自由が奪われることが、これほど苦痛なものか。これほど辛いものかということでした。牢屋から出られない。当たり前ですけれども、悪いことをしたわけですから自業自得なんですね。

ということで、牢屋の中にいると自由がないわけです。今現役の人にも少年院や刑務所で言っていますけれども、自由があれば、好きなことができる、好きな人に会える、好きなものが食べられる、自分の願望、夢、そういう目標に向かって自由に挑戦していくこと

ができる。

しかし、この中にいたらできないですよね。だから二度とない人生、命がいつまであるかわからないのに、また外に出て悪いことをしてここに戻ってくる。それほどもったいないことはありません。

どちらを選ぶかは、ご自身が判断することでしょうけれども、二度とない人生を、もうそろそろ真剣に生きてみようと思いませんか。と私は問いかけます。

「もうやめましょうね」とか、「真面目にやりましょうね」とか言っても効き目がありません。ですから、少年院や刑務所では、私、言い切ります。

「ここを出て、また戻ってくるというのは、別に私が逮捕されて私が刑務所に行くわけじゃないので、どうぞご自由に」と。

自由がないというのは、自分のやりたいことができません。辛くて、苦痛なことばかりです。

確かに娑婆に出て、嫌なこと、辛いことがあります。うまくいかないこと、お金がちょっと乏しいとか、そんなことがあります。でも真面目に一所懸命やっていれば、どうにかうまくいきます。と、私は伝えます。

なのに、また人を殴る、モノを盗むなどで、またこういう所に戻ってきて自由がないというのはどうでしょうかね。その選択を自分で決めて動かなければ、人は変わりません。ですから厳しいようですが、また戻ってくるのも自由ですよという話をするわけです。

人間、恐怖を感じて懲りれば身に染みる

私が何で覚醒剤を断ち切れたのかという大きな理由は、夢があったからです。夢なんです。夢って強いんです。

夢、自由って素晴らしいんです。

私は自分で生きていると思っていましたが、生かされていることに氣づかせていただきました。自分で生きているのではなく、心臓がずっと動き続けてくれている。ということは生かされているんだなと思うのです。

同時に私は覚醒剤をやり過ぎて、幻覚幻聴が酷かったんです。死んだお祖父ちゃんが常に出てきてくださいました。今でも本当のことだと思っています。

お祖父ちゃんが出てくる度に「ごめんなさい、もうやめます」と謝っていました。
1年以上たってお祖父ちゃんは、本氣で私にヤキを入れてくださいました。ほんとに死ぬかと思いました。人間って恐怖を感じるとやっぱり、身に染みるんです。本当に恐怖を感じると人間は懲りる、ということも私は感じています。

ですから人は、ほんとに懲りないと繰り返します。そんな氣がします。言っても言っても分からん奴は、その本人がほんとに身に染みないと改善できないということです。

私、就労支援をやらさせてもらっていますけれども、なんぼ周りが更生して頑張っていこうねともり立てていても、当の本人がやっぱり本氣で心から更生しようと思わないと、また繰り返すということです。

「覚醒剤断ち切りました」と言い切れない

薬物をやった人間は、私から申し上げますと——これは間違ってない答えですが——一生やめられません。私も「覚醒剤断ち切りました」とか「自分は大丈夫です」と言いたいところですけれども、残念ながらそういう恰好いい言葉は使えないというのが正直な答えです。

と言って、目の前に覚醒剤があったとしても、手を出すことはありません。でも100％大丈夫かと言われますと、そう言い切れない自分もいます。しかし、手は出しません。

なぜなら、これまでの自分の積み重ねてきた大事なものがあるからです。ですから、そう簡単に薬物に負けてはいられません。そういう強い氣持ちが私にはありますし、これからの自分の未来を棒には振りたくないのです。

自分は覚醒剤を取るか、夢を取るかと考えて夢を取りました。夢に向かって生きてきていますから、そう簡単には崩れることはありません。また守るものもたくさんあります。大切な両親、前の家族、今の家族、そして自分を支えてくださる周りの方々を裏切るような、そんなばかなことはできません。

私の知るところでは、薬物というのは脳と肉体が反応するんです。だから恐ろしいんです。

「薬物に手を出してしまったけれど、これからは大丈夫？」と聞かれた時に、「いやあ、わかんないけど二度と手を出さないように頑張っていきます」という人の方が、薬物に手を出さない可能性が高いです。

「俺は大丈夫です。もうやめます」とか「やめました」という人ほど、どうなんでしょうかという氣はします。私自身もそうですが一生、その葛藤をしていかなくてはならないんだというふうに受け止めています。

1回やったらダメです。1回やったら必ず2回目があります。1回やってやめたという人、聞いたことないし、まずないです。1回やって爽快感、それから興奮だとか快感だとか感度の氣持ちよさで1回やると、それを覚えてしまいます。体がやりたくなって、絶対に2回目がおとづれるのです。

薬物の解決法は逮捕されるか死ぬかの2つ

覚醒剤の刺激は、肉体と脳が覚えてしまいます。人間はそれに弱いんでしょうね。そんな氣がします。また性的目的で使用する人もいます。感度が上がるんですね。だからカップル、もしくは夫婦間で薬物を使用すると、止めることが難しくなります。

風俗で働く人もそういう薬物を持って、氣を紛らわすことに使ったりする人もいます。また覚醒剤、薬物ばっかりやっていると、その時って力がみなぎっているんですね。強い自分でいられるんです。ですから薬物を使用していることによって自分が強くなれている。安心していられる。弱い自分から脱却できる。勇氣をもらうような感じがして、薬物を使用する人もいるのかなと思います。このようなきっかけで使ってしまうと思うのです。

また、薬物を使用している時の心の状態ですが、心なんてありません。人間でなくなります。人のことなんておかまいありません。全く人間でなくなるということは知っといてください。

ですから薬物を使っている人に対して、なんぼ心を動かすようなことを訴えても、全然通じないです。そうと思ってください。とにかく人間でなくなります。

では、どうしたらいいのかとなりますが、警察に保護してもらうしかないんです。これが答えです。あともう一つあるとするならば、あとは死ぬしかないんです。捕まるか、死ぬしかないんです。薬物の解決法は、その二つと思っています。

病院のプログラムがあるとお聞きしていますが、私の持論は病院に頼ってしまうのもいかがなものかなと思っています。結局、病院頼みになってしまう。やっぱり止めるためには自分の意思だと思います。これは私の持論です。

意識を覚醒剤とは別なものに向ける

止められるポイントをお伝えしておきます。

私は運がいいだけですが、たまたまお母さん、お父さん、妻、子供、家族がほんとクルクルパーだったバカな私を支えてくれました。

死んだお祖父ちゃんまで出てきてくださった。そして帰る家があった。そこから覚醒剤を選ぶのではなくて、夢を選んで今日に至っています。

ちなみに薬物のことを考えれば考えるほど、やりたくなります。私は考えなくてもよい状態を作り続けてきました。そのキーワードは「意識」です。

薬物に対する意識をずらして薄めていくことが、私は薬物を断ち切れる答えじゃないかなと思うんですね。ですから、薬物よりも楽しいとか、それやってみたいという興味あるものに挑戦する、それが夢なんですね、夢を持つことなんです。

覚醒剤とは違うものに意識を変えていくことが、素直な、シンプルな、薬物の離脱方法ではないかなと私は感じています。考えれば考えるほどやりたくなるのが薬物じゃないかなというふうに私は思っています。

学校での対策ですが、とにかく1人ひとりのお子さんに変化があったら、とにかくしっかりと寄り添うこと、向き合うことが、まずは答えです。毎日お子さんを見ている中で、変だなとか、いや、氣のせいかもしれないけれどもでもいいのです。

とにかくいつもと違う変化が感じられたら、殺氣を感じたら、すぐその子供に寄り添っていくことが早期発見につながると思います。子供ってピュアですから、目を見れば分かると思うし、顔の表情だとか態度ですぐ分かるのではないかという氣はします。

心の強い人間に育てる土壌づくり

私の個人的な思いになりますけれども、今の小学校、中学校、義務教育で、「心」が近年だんだんその重要性が増してきていると感じています。いかに心の強い人間に育っていくかということです。

前に述べたように私の思いですが、当たり前の挨拶がきちんとできること、身だしなみをきちんと整えられること、約束を守れること、また素直さであったり、人を思いやる心であったり、そういった人の痛みの分かる子供達に育って欲しいと思っています。

その上で自分の興味の示すものに対して、先生が親が一所懸命に応援して後押しする。そういう背中を押すようなことをやっていれば、子供達はどんどん、どんどん自分で考えて、大人になった時に自立でき、社会人になっても困らない生き方ができると思っています。そのための土壌づくりが義務教育の中でできるといいのですね。

子供は好奇心が旺盛です。好奇心があるものに対しては、大いにやらせればいいと思うのです。それを親や大人が取り上げてしまうから、反発すると思うのです。それはそれでやらせた上で、時間を区切ればいいと思うのです。

約束だよ。ゲームは何時から何時までだよ。これ破ったらダメだよ、と約束をした上でやらせる。約束を破ったら厳しく対処する。それをしないで、何かをやらせない、奪うことになれば反発して当然と思います。やらせてあげた上で制限していくことが私はいいんではないかなと思います。

月並みなアドバイスでございますけれども、とにかく他人の痛みを知ることが一番大事、そんな氣がします。それから自分の意思表示ができること。自分はどう思う、どう考える、それをみんなの前で言ってごらん、という訓練をする。それによって自分の意思表示がどんどんできるようになると思います。みんなの前で発表させていくということが、生きる自信をつけていくのではと考えています。

学校でも家庭でも、何でも言っていいんだという空氣を作っていくことで、人としての生き方を学び、失敗を恐れないようになっていく。その土壌をつくるのが、家庭であり学校であって欲しいと願っています。

体育大学の建設と就労支援の店舗展開

私には、生きていて得をしているという感覚と、お祖父ちゃんに生かさせてもらっているという感覚があります。そのお祖父ちゃん、昭和40年に白樺大学の建物を鉄骨で3階まで建設されておりました。認可が下りず断念したということを、私30歳の時に知りました。私にやれということかと思って、生ある限りお祖父ちゃんの志を私が引き継ぐことにしました。日付けを入れないとダメと思って、60歳には建設着手にかかると決めています。

いろいろと現役の高校生や卒業生の生の声を聞いていきますと、経済的な理由によってスポーツ競技を高校卒業すると同時に続けられないという方々が思いのほかたくさんいることを知りました。将来無限大の可能性を秘めているのに、それが実現できないというのは、スポーツに関して、競技に対してもったいないなということです。

どんどん人口も減ってしまっていっている上で、なるべく十勝にとどめたいという考えもあって、十勝に体育大学ができれば人口の流出も抑えられますし、お財布にやさしいスポーツを続けていける大学というものがあれば、これほどいいことではないだろうかというふうに考えます。また、十勝でメダリストを作る大学にしようと考えているんです。いろんな競技でクオリティが上がれば上がるほど、十勝、北海道はどの分野にしてもスポーツ王国となり、スポーツと言えば日本では北海道が強いと、帯広、十勝はほんとにダントツだという、そういう体育大学にしたいなと考えています。これを私が9年後、ずれてもプラス5年と考えています。

棺桶に入れられる時、長原、こいつめでたい人間だったなとかお祭り人間だったなあ、なんて言われたくないので、私は有言実行で絶対やる。頭の中では完了形でできています。

もう一つ、それまでの9年間は、更生保護、就労支援をしていきます。全国に刑務所や少年院がたくさんあります。その就労支援を行うための店舗展開を行い、同時に自立準備ホーム——帰住先のない人の住める場所——をつくっていきます。

それを全国に展開していきたいということです。これが私の生かされている恩返しとして、私のできること、またやってみたいことです。

本日は、お話しする機会をいただきまして、誠にありがとうございました。

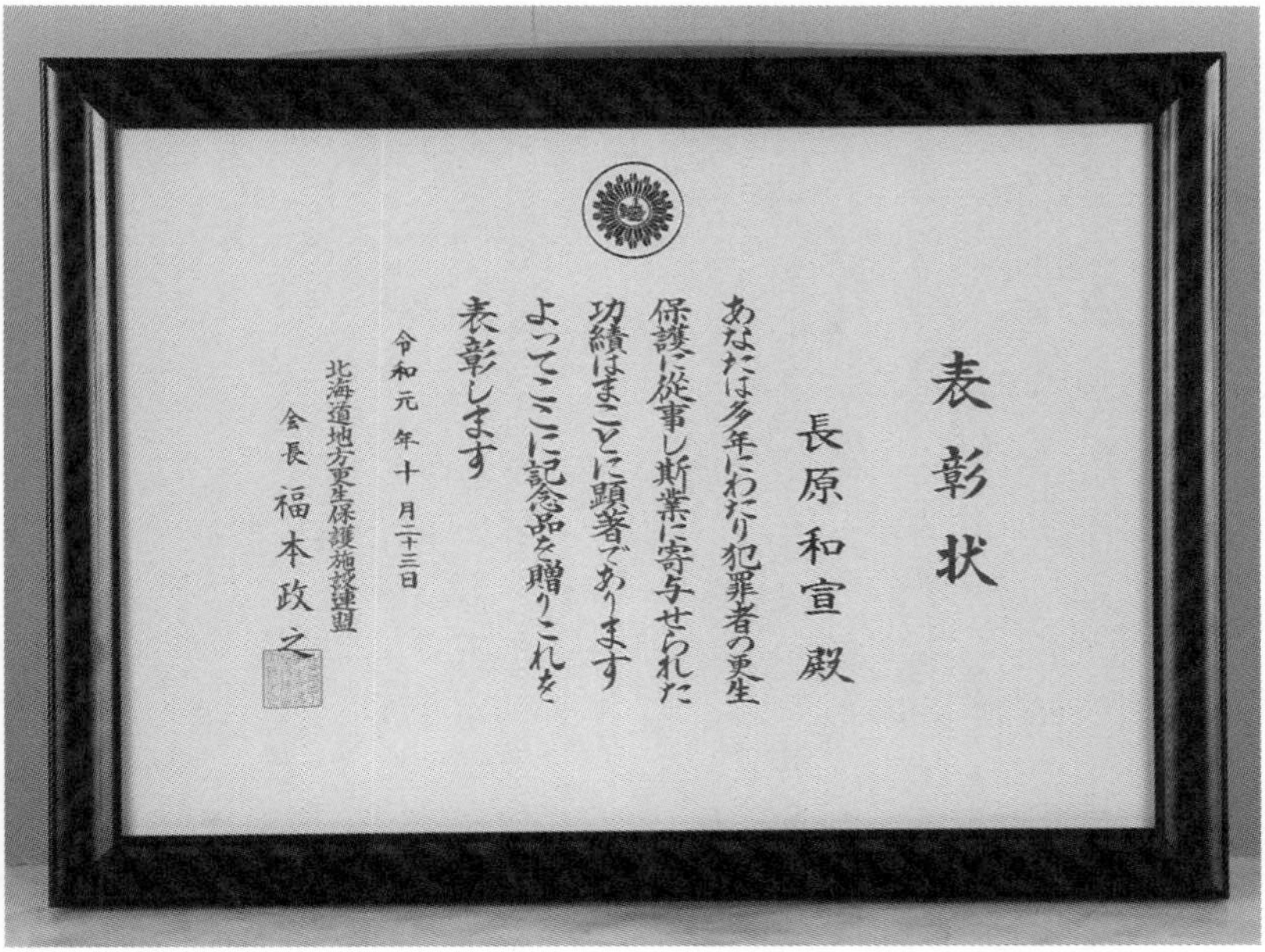
表彰状
長原和宣殿
あなたは多年にわたり犯罪者の更生
保護に従事し斯業に寄与せられた
功績はまことに顕著であります
よってここに記念品を贈りこれを
表彰します
令和元年十月二十三日
北海道地方更生保護施設連盟
会長 福本政之

長原さんは長年の更生保護活動に寄与したことで、令和元年10月23日、北海道地方更生保護施設連盟より表彰を受けた。

エピローグ　夢しか実現しない

人は皆、過去から未来へ繋がる今、その一瞬の中で生きている。

その中で人は、右に行くか、左に行くか。前に進むか、後退するか。その選択は、その人自身の自由に任されている。

また自分がどんな環境の中にあろうが、誰からも邪魔されない、心の自由がある。

ところが、自由であるはずの選択や心の自由を、今の自分は失っていないだろうか。現に失って、自分自身を身動きできないようにしてはいないだろうか。

長原さんの場合は、どうであったか。逮捕されて自由の有り難さ、自由の本当の意味を知った。

中学時代に不良になった時も、高校生でヤクザになった時も、また覚醒剤に陥った時も、いわば自由に自分のやりたいことをやってきた。その意味では自由は失っていなかった。

いや覚醒剤を断ち切るために一所懸命に頑張ってきた時も、自由に自分のやりたいようにやってきた——正しくは、それしか自分がまともになる道がなかった——やりたい放題のヒトラー社長と呼ばれたのは、その時期である。

今では長原さんが事あるごとに言っている、「人様に贔屓されてなんぼ」を説きながら、自分自身が真に「認められてなんぼ」の生き方をしていなかった。

そんな長原さんは今、立ち直って利他の心をもって頑張って生きている。

それができたのは、なりたい自分の姿を具体的に思い描き、それを夢にして、その夢実現に向って生きてきたからである。

また、命を助けていただいた、お祖父ちゃんの志を継ぎ、体育大学を建設するという夢を持ち続けているからである。

夢を持つことで長原さんは、ただひたすらに、今を、本氣で、真剣に生きるようになれた。もし夢を持たなかったら、今の長原さんはない。心で夢を描かなければ何も始まらない。だから長原さんは、「夢しか実現しない」という。

と言って夢を描けば、誰もが同じように夢は実現するかと言えば、そこが難しいところである。それは、夢に対する思いの強さが差になって出てくるからである。

その点、長原さんは、自分が体験したことをプラスに生かす特技を持っている。学んだことを、行動に移す生き方である。結果が出なければ、まだ実践が足りない。ならばさらにやり続ければいい。と、長原さんは前向きに考えることができるのである。

人から「それは失敗でしょ」と言われても、長原さんにとってそれは失敗ではない。失敗を生かせば、次に繋がる学びになるからである。

その学びを考えた場合、やはり長原さんは「死の局面を味わった」ということが大きいような氣がする。

ただ、そうした場面を誰もが体験しているわけではないし、できたらしたくない。しかし、その体験が自分に生きる勇氣を与えてくれるとなれば、一度は経験しても……と思って、本当に死んでしまったら意味がない。

でも大丈夫、自分がそういう体験をしなくても、長原さんのような人から、生き方を学ぶことはできる。

そんな長原さんであっても、7〜8年前くらいまでは、まだまだ自分勝手な生き方を部分的に残していた。

利他の教えを学び、それを素直に実践し始めて、人様のお役に立ち、喜んでいただける真の自由の生き方ができるようになった。そうなれば、もう長原さんに迷いなどない。

夢実現に向けて、素直に行動、素直に生きることで、自分を成長させてきた。

さて、そういう生き方を知って、自分はどう生きるか。

もう理窟はいい。

実践あるのみである。

長原和宣（ながはら　かずのり）

昭和43年4月10日、帯広市生まれ。昭和59年3月、帯広市第六中学校卒業（現 帯広翔陽中学校）。昭和59年4月白樺学園高等学校体育コース入学、昭和61年4月、同校退学。

昭和61年7月、陸上自衛隊入隊。昭和62年4月、静岡県立小山高等学校定時制課程編入学、平成2年3月、同校卒業。平成8年4月、陸上自衛隊除隊。平成8年4月、静岡佐川急便入社。

平成13年4月長原配送創業、平成19年6月、法人化。平成19年8月、中小企業家同友会入会、平成20年5月、盛和塾入塾。平成28年2月、帯広市倫理法人会入会。

平成20年9月、通信販売事業「ナガハラショッピング」オープン。平成31年、株式会社ドリームジャパンに称号変更。

現在、事業経営と共に、一般社団法人ナガハラジャパンドリームを設立し、更生活動を全国で推進する店舗展開をスタート、併せて前科者の就労支援を行う日本財団職親プロジェクトにも力を入れている。また全国での講演も行っている。

斎藤信二（さいとう　しんじ）

昭和 20 年２月、新潟市生まれ。昭和 42 年工学院大学卒。金属会社に勤務後、昭和 63 年、世に灯りを点じるとして結成された「漁火運動」に参加。平成３年より㈱高木書房 代表取締役。ライターでもある。

著書に『湘南やまゆり学園〝小山昭雄〟願いは保育でない教育』、『走りながら考える男　福嶋進 世界一を目指す』、『神業』、『長原さん、わたしも生まれ変わります』、『日本人で良かった』（いずれも高木書房刊）、そして我が子の結婚に際し書いた『結びあう心』（息子）、『ともに築く』（娘）などがある。

社会に法則あり　素直に行動　素直に生きる

～ 私 本氣なので！ ～　長原和宣第２弾

令和２（2020）年２月５日　第１刷発行

著　者　斎藤 信二

発行者　斎藤 信二

発行所　株式会社 高木書房

〒 116 - 0013
東京都荒川区西日暮里 5 - 14 - 4 - 901
電　話　　０３－５６１５－２０６２
ＦＡＸ　　０３－５６１５－２０６４
メール　　syoboutakagi@dolphin.ocn.ne.jp
装　　丁　株式会社インタープレイ
印刷・製本　株式会社ワコープラネット

　Printed in Japan　ISBN978-4-88471-816-9 C0036